MON AMIE, SOPHIE SCHOLL

Paule du Bouchet

TEXTE INTÉGRAL
+ dossier par
Lucile Sévin

Lucile Sévin est professeure certifiée de lettres classiques. Elle enseigne au collège Hector-Berlioz à Nantes (44).
Laura Yates a réalisé les infographies et les pictos.

Lundi 15 février 1943

Je suis dans ma petite chambre. Dehors, il fait nuit noire. Une fine couche de glace a déjà pris le bord des fenêtres. Le feu dans mon poêle ne tiendra que quelques heures et je n'ai presque plus de charbon.

Sophie avait dit qu'elle viendrait avant la tombée de la nuit. Elle _ 5 avait dit qu'elle viendrait partager la soupe que m'a donnée ma logeuse hier. Et elle s'en réjouissait, nos repas ne sont pas fameux, en ce moment! Si elle n'est pas là, c'est qu'il est arrivé quelque chose. Ou bien que cette mission dont elle m'a parlé a eu lieu plus tôt que prévu. Ou bien… Je ne sais plus. La tête me tourne d'échafauder[1] tout _ 10 ce qui a pu arriver. Je n'ai pas mangé, le ventre me tiraille. J'attends encore Sophie. Je l'attends, j'aimerais tant qu'elle arrive!

Je vais continuer à écrire jusqu'à ce qu'elle arrive. Ou mon frère Thomas. Ou quelqu'un! Mon Dieu, faites qu'un de mes amis vienne ce soir! _ 15

Je m'inquiète trop, je le sais bien. Sophie me l'a encore reproché l'autre jour quand je me suis fait un sang d'encre à cause du voyage à Breslau[2] en bus que devait faire Thomas :

– Elisa, tu t'angoisses pour des choses qui n'en valent vraiment pas

---

1. Imaginer.
2. Ville de Pologne.

20 _ la peine ! Je te l'ai déjà dit mille fois ! Cet autobus fait le trajet tous les jours !

Elle avait raison, pour l'autobus. C'était idiot. Elle a ajouté :

– Ce n'est pas de gens inquiets dont nous avons besoin. C'est de gens calmes…

25 _ Calme. J'aime ce mot dans sa bouche ! Elle est calme comme un lac de montagne avant l'orage, oui ! Le ciel se plombe, le lac change de couleur, le vent se lève et d'un coup le lac se déchaîne. Sophie, je l'appelle « ma tempête de poche ». Ça l'énerve ou ça la fait rire selon les jours. Mais ma Sophie, c'est aussi un ange de bonté et de gentil-
30 _ lesse et c'est tout cela mêlé que j'aime en elle.

Le soir de l'histoire du bus, en arrivant chez moi, elle a sorti de son sac ce cahier sur lequel j'écris. Elle était toute contente.

– C'est pour toi, ma petite Elisa ! Cela fait longtemps que je veux te faire ce cadeau. Écrire mes pensées m'aide justement à retrouver
35 _ mon calme dans les moments difficiles. J'espère que ce cahier aura le même effet sur toi…

J'avais trop faim, j'ai mangé quelques cuillerées de soupe froide. Elle ne viendra plus, il est trop tard. J'ai éteint mon gaz pour l'éco-nomiser. Je ne peux m'empêcher d'attendre encore, de sursauter au
40 _ moindre bruit… Mais je sais que Sophie ne viendra plus ce soir.

Les dernières braises rougeoient dans mon poêle, je commence à avoir froid. Il me faut ménager le peu de charbon qui reste, cela devient difficile de s'en procurer.

Je sais depuis longtemps qu'ils font des choses dangereuses mais,
45 _ quand j'y réfléchis, c'est la première fois que j'ai vraiment peur pour mes camarades. La peur pour moi, je la connais par cœur. Sophie m'a toujours dit que je devais m'accepter telle que je suis, c'est ce que j'ai essayé de faire depuis qu'elle est mon amie. Mais ce soir, il

y a quelque chose d'autre : quelque chose qui pourrait devenir une
vraie menace pour mes amis de la Rose blanche.   _ 50

Tout s'est accéléré depuis quelques jours. Au début du mois, il y
a eu les premières inscriptions sur les murs de la ville. Hans et Alex
ont peint au goudron, avec un pochoir fabriqué par Alex, des croix
gammées[1] barrées, en plus de vingt endroits différents de Munich !
Nous avons ri, tous, ce jour-là !   _ 55

Ce qui a vraiment mis le feu aux poudres, c'est la deuxième vague
d'inscriptions sur les murs. Depuis, la Gestapo est aux abois. Toute la
ville en parle. À mots couverts, bien sûr. Parler à voix haute est trop
risqué. Mais cela a fait du bruit quand même.

C'était le lendemain de mon anniversaire, le 10 de ce mois. _ 60
Nous étions toutes les deux, chez Sophie. Elle avait mis sa robe
rouge, elle était toute gaie et chantonnait en mettant l'eau à bouil-
lir pour le thé. Elle venait de recevoir de ses parents une boîte
de confiture et un gros pain. Une aubaine ! Nous attendions les
garçons pour fêter mon anniversaire. Nous avons laissé infuser _ 65
le thé, un bon moment. Hans n'arrivait pas. Nous l'avons versé
dans nos tasses, bu à petites gorgées. Il est devenu tiède et Sophie
a commencé à être inquiète.

Je lui ai suggéré de téléphoner aux camarades. Elle m'a dit :

– Tu es folle ! Tous nos appels sont sur écoute !   _ 70

Elle était de plus en plus nerveuse. Avec ce qui se passe en ce
moment, la Gestapo sur les dents, je savais qu'elle avait des raisons
de s'inquiéter. J'essayais surtout de ne pas me laisser contaminer. Elle
tournait en rond, comme un lion en cage. Je disais des choses idiotes,
j'aurais dit n'importe quoi pour ne pas la voir dans cet état.   _ 75

1. La croix gammée est le symbole politique utilisé par Hitler et le parti nazi. Voir *Les mots ont une histoire*, p. 110.

– J'adore cette robe rouge, elle te va vraiment bien…

– Je me fiche de cette robe !

J'ai essayé de sourire.

– Tu devrais quand même la mettre plus souvent…

80 _ – Mais bon Dieu… Qu'est-ce qu'ils font ?

Je connais son caractère excessif. J'attendais le moment où elle allait exploser ou fondre en larmes.

Et puis, tout à coup, nous avons entendu le rire joyeux de Hans, en bas, dans le vestibule ! Sophie a bondi, comme mue par un res-
85 _ sort. Hans arrivait, avec Alex, et une bouteille de vin du Rhin qu'il a posée sur la table.

– Demain, les filles, vous passerez par Ludwigstrasse en allant à l'université.

À cet instant précis, j'ai adoré le visage de Sophie : d'un seul coup
90 _ illuminé par son sourire. Toute angoisse oubliée. C'est vraiment ma tempête de poche !

Les garçons avaient écrit en lettres capitales sur les murs de la ville et jusqu'à l'entrée de l'université : « À bas Hitler ! » « Liberté ! » Pour la deuxième fois en une semaine.

95 _ Ils nous ont appris que le mouvement de rébellion des étudiants était en train de gagner Berlin et Fribourg. Mon frère Thomas nous a rejoints. Ce soir-là, nous avons levé nos verres à la résistance chez tous les étudiants d'Allemagne.

Il y a quelques jours, Sophie m'a dit d'un air soucieux :
100 _ – La Gestapo est sur les traces de Hans. Ils ont été avertis, je ne sais pas comment, qu'il était l'auteur des inscriptions. Nous avons parlé toute la nuit, au local… Hans refuse de quitter la ville. S'il fuit, les amis, les parents, les camarades, tout le monde sera soupçonné. Sa

fuite risque de mettre en danger des centaines de vies. Hans a décidé d'assumer toute la responsabilité de ses actes. _ 105

Depuis, Hans, Sophie, Alex, Willi et les autres ont passé toutes leurs nuits à rédiger et à ronéotyper[1] leur dernier tract. Hier, c'était presque terminé.

Minuit. Et Sophie qui n'est toujours pas là ! Je sens que, malgré toutes mes bonnes résolutions, je vais passer une nuit blanche. Inca- _ 110 pable que je suis de me raisonner, de me dire que probablement elle aura été retenue. Je sais qu'elle est prudente, ils ne prendront aucun risque inutile. Pourtant, je sens une telle fièvre chez eux tous, depuis quelques jours ! S'ils commettaient une imprudence…

---

1. Reproduire un texte, grâce à un appareil appelé ronéo. Voir *Les mots ont une histoire*, p. 111.

Mardi 16 février 1943

115 — $\mathcal{S}$ophie est venue ! À 10 h 30 ce matin, elle a toqué à ma porte, comme une petite souris. J'ai ouvert tout doucement. C'était elle ! Elle m'a d'abord sauté joyeusement dans les bras.

– Elisa ! Je sais que c'est plutôt l'heure du petit déjeuner, mais j'espère que tu m'as laissé de la soupe ! Je meurs de faim ! Cette nuit,
120 — nous avons posté mille tracts dans des boîtes aux lettres du centre-ville ! J'ai dormi deux heures et rien mangé du tout !

Devant son enthousiasme, je me suis sentie ridicule. Je n'ai pas eu le courage de lui dire que, moi non plus, je n'avais pas dormi, que je l'avais attendue presque toute la nuit dans l'angoisse.

125 — Nous avons un peu parlé du livre qu'elle m'a prêté, de Georges Bernanos[1]. Et puis elle s'est tue un long moment et j'ai bien vu que, derrière son excitation, quelque chose la tracassait. Je la connais trop, ma Sophie. Quand elle est soucieuse, elle est comme un petit animal sauvage. Surtout, ne pas la brusquer, il faut que les choses viennent
130 — d'elle. De toute façon, moi, les mots ne venaient pas, j'avais la gorge nouée. Finalement, j'ai risqué un timide :

– Quelque chose ne va pas, Sophie… ?

– Je ne sais pas… Non, pas trop…

– Tu ne veux pas me dire ?

---

1. Georges Bernanos (1888-1948) est un romancier français, auteur de *Sous le soleil de Satan*. Il s'engage dans la Résistance pendant la Seconde Guerre mondiale.

– Eh bien ! Voilà, c'est idiot. J'ai fait un drôle de rêve et je n'arrive _135 pas à me l'ôter de l'esprit…

– Raconte, ça ira peut-être mieux après…

– Je ne suis pas superstitieuse, ni crédule, mais ce rêve… Enfin… La Gestapo nous arrêtait, Hans et moi, ils nous jetaient dans une sorte de puits. Hans disparaissait dans un grand trou noir… c'était… _140 c'était affreux !

Ses yeux étaient pleins de larmes. À mon tour, j'ai essayé de la rassurer, ce n'était qu'un rêve… Mais je n'étais pas rassurée moi-même ; Sophie ne savait pas où se trouvait mon frère Thomas qui aurait dû être avec eux la nuit dernière. Elle a fini par me l'avouer, tout en me _145 disant qu'il ne fallait à aucun prix céder à la panique. Nous étions un peu pitoyables, mortes d'inquiétude, tout en essayant de faire bonne figure l'une devant l'autre.

Et à 4 heures, on a frappé. J'ai sursauté. C'étaient Hans et Thomas. Thomas venait d'être relâché par la Gestapo ! Après avoir été inter- _150 pellé la veille au soir et interrogé toute la nuit !

La première émotion passée, avec Sophie, nous nous sommes regardées, j'ai dit :

– Tu vois, ton rêve, ce n'était pas Hans, c'était Thomas… Et il a été relâché ! _155

– Pour ce que j'ai pu lire sur les rêves… Enfin, tu as raison, Elisa, ce n'est pas le marc de café, on n'y lit pas l'avenir…

Hans nous a interrompues :

– Allons, les filles, ne faites pas cette tête d'enterrement ! Thomas est parmi nous, il y a du café tout chaud et la grande nouvelle du _160 jour, c'est que je suis en possession d'une flasque[1] de whisky dont

---

1. Petite bouteille.

nous allons pouvoir l'agrémenter! Histoire de nous donner du cœur à l'ouvrage!

Nous nous sommes embrassés, avons ri, bu du café-whisky tous ensemble, mais le cœur n'y était pas. La police a interrogé Thomas sans relâche sur les inscriptions de ces derniers jours. Grâce à Dieu, ils n'ont rien trouvé, rien pu prouver. Thomas a juste compris qu'il avait été dénoncé par deux «camarades» étudiants à qui il s'était imprudemment confié. Mais il est sorti des locaux de la Gestapo avec une information de la plus haute importance : ils connaissent le nom de Sophie Scholl. Hans a dit à sa sœur :

– S'ils te connaissent, toi aussi… Il faut agir vite.

Sophie et Hans sont repartis au local pour polycopier le sixième tract de la Rose blanche.

Nous avons pris congé. J'aurais voulu leur dire : «Attendez, n'agissez pas imprudemment. Attendez…» Attendre quoi? Je connaissais la réponse. Je ne l'ai pas fait. Thomas est allé dans une cabine à l'autre bout de la ville pour téléphoner à la famille Scholl, là-bas à Ulm, les prévenir qu'ils sont dans le collimateur. Ils le savent déjà, bien sûr, puisque le père de Sophie et de Hans a passé deux mois en prison l'année dernière à cause de ses opinions antinazies. Mais là, c'est plus ciblé. C'est aussi Sophie. Et Sophie est mon amie. Je me sens affreusement seule.

En partant, Sophie m'a demandé de passer au local, exceptionnellement, pour lire leur dernier tract. Je n'y vais jamais, ni elle ni moi ne le souhaitons, mais elle voulait avoir mon avis, que je le lise avant qu'il soit envoyé aux quatre coins de l'Allemagne. Il avait été rédigé par le professeur Huber, Hans et Alex. Je me sentais flattée et, en même temps, entraînée malgré moi dans un mouvement qui me dépassait. Je ne voulais pas aller si loin. Enfin…

Sophie était si fière du tract! Il commence par «Camarades étudiants!» Et puis il y a une phrase comme : «La stratégie géniale du soldat de deuxième classe promu général des armées a conduit aux 330 000 morts de Stalingrad[1]! Führer, nous te remercions!»

Nous avons ri! Sophie était enchantée de la formule! Ils riaient ⎯ 195 tous, comme si le monde s'ouvrait. Moi, ce soir, je ne sais pas pourquoi, j'ai eu l'impression qu'un rideau tombait. La fin d'une pièce de théâtre.

En nous quittant, tout à l'heure, au local, il y avait une urgence dans tous les mots, dans tous les gestes. J'ai dit «À demain», en ⎯ 200 embrassant Sophie. Elle n'a pas répondu.

C'est la nuit et, je ne sais pas pourquoi, je me dis que peut-être il n'y aura plus de demain pour notre amitié. Il faut que je me secoue. Mon Dieu, pourquoi suis-je ainsi faite? Pétrie de lâcheté! Sophie et Hans ont paru encore plus pressés d'agir. Encore plus dans l'urgence ⎯ 205 que d'habitude. Pourquoi tout de suite? Pourquoi cette nuit? Que s'apprêtent-ils à faire? Je les trouve imprudents, fous! Et Thomas qui ne revient pas et qui m'avait promis de venir dormir chez moi si tout danger était écarté… C'est vrai qu'il m'a aussi dit de ne pas m'inquiéter s'il ne revenait pas. C'est qu'il aura senti alors que la voie ⎯ 210 n'était pas libre et qu'il aura préféré dormir ailleurs.

---

1. La bataille de Stalingrad s'est déroulée du 17 juillet 1942 au 2 février 1943. Les armées du IIIe Reich et de l'URSS s'affrontent pour le contrôle de la ville. Défaite allemande.

Jeudi 18 février 1943

Sophie et Hans ont été arrêtés ce matin. C'est arrivé. L'impossible, l'impensable, bien que nous y pensions tous sans arrêt. Le pire. Arrêtés par la Gestapo. Pris sur le fait avec les tracts.

215 _ Je grelotte, mon poêle est en train de s'éteindre.

Thomas m'interdit de sortir d'ici. Il est venu en coup de vent tout à l'heure. Il m'a apporté quelques morceaux de charbon, mais je n'ai pas encore rallumé.

Ils l'ont fait. Sophie et Hans. Ce dont ils parlaient hier, ici

220 _ même. Toujours plus loin, toujours plus risqué. Jusqu'alors, ils envoyaient les tracts par la poste, ils inondaient l'Allemagne. Ils avaient acheté des plaquettes entières de timbres, je les ai vues, cachées dans le tiroir du petit bureau de Hans. Jamais encore ils n'avaient été sur les lieux mêmes avec les paquets de

225 _ tracts.

Je n'étais pas d'accord. C'était trop dangereux de distribuer. Mais ma voix ne comptait pas.

Et maintenant…

J'ai envie de pleurer. Je me l'interdis. Mes doigts sont glacés. Je

230 _ devrais attiser les dernières braises de mon poêle. Je devrais aller demander à ma logeuse du charbon d'avance. Je connais ses opinions politiques. Elle parle de «notre Führer» avec des trémolos dans la voix. Si elle apprend l'arrestation de Sophie, elle ne me donnera plus de charbon. Ni de soupe.

Thomas dit qu'il faut être fort. Il n'a pas voulu de café, il est à _ 235 peine resté cinq minutes.

Ce matin, très tôt, à l'université, avant le début des cours, Sophie et Hans sont allés déposer les tracts de la Rose blanche devant les salles de classe. Celui que j'avais lu avant-hier, dont elle était si fière. Celui qui commence par «Camarades étudiants…» Thomas ne sait pas _ 240 encore très bien ce qui s'est passé. Quelqu'un les a vus et dénoncés aussitôt. Il semble que ce soit le concierge. En ce moment même, ils doivent être interrogés dans les locaux de la police. On dit des choses terribles sur les interrogatoires de la Gestapo. J'ai entendu parler de coups, de torture. Mon Dieu. _ 245

Ça y est, c'est arrivé. Le pire.

Il faut que je me calme. J'écris, comme Sophie m'a dit. Je devrais prendre exemple sur eux. Je suis sûre qu'ils font preuve de sang-froid, où qu'ils soient. Où sont-ils, justement? Où? Dans une prison humide? Sous la lumière crue d'une affreuse lampe? En train d'être _ 250 questionnés? Vont-ils parler? Vont-ils donner des noms? Non, je sais qu'ils ne le feront pas. Ils ne dénonceront personne. Thomas le dit et je le crois. Mais à quel prix? Je ne veux pas penser, je voudrais arrêter de penser! Il faut que je respire lentement, voilà…

Il faudrait pourtant faire quelque chose, maintenant, pouvoir faire _ 255 quelque chose. Mais quoi?

Mes mains sont moites, je tremble. Je ne peux le dire qu'à ce cahier : j'ai peur, affreusement. J'ai honte. J'ai froid.

Je dois allumer ce poêle.

J'ai honte depuis longtemps, mais c'est la première fois que j'ose le _ 260 dire, surtout me le dire à moi-même. Sur ces pages brouillonnes de mes pensées secrètes. Depuis des mois que Sophie, Hans et les autres ont commencé leur action, j'ai peur. Je ne l'ai dit à personne, mais tout le monde le sait. Les autres, ce sont mon frère Thomas, Sophie,

265 _ Hans, Willi, Christl, Alex, le professeur Huber, tous ces gens que j'aime et que j'admire. Et puis Léo. Léo qui est parti. Léo que j'aime et qui est quelque part, forcément quelque part, et qui pense à moi. Léo que je retrouverai… Je ne dois pas parler ici de Léo.

Je n'ai jamais été capable de m'engager vraiment aux côtés de
270 _ mes amis. Leurs débats passionnés, depuis des mois, m'attirent et me terrifient. J'ai fui les soirées de discussions, les rédactions de tracts, les planques dans la rue, les repérages de murs sur lesquels tracer des inscriptions, les achats de timbres, les séances de mise sous enveloppe, les déposes dans les boîtes aux lettres. J'ai fui, je n'ai
275 _ pas pu faire autrement, mes jambes, ma respiration, mon cœur ne me tenaient pas debout dans ces moments-là. Je ne comprends pas pourquoi je suis faite ainsi plutôt que de cette matière solide, dure, courageuse, vaillante, dont sont faits les autres.

Aujourd'hui, tout se précipite. Sophie et Hans sont arrêtés et nous
280 _ savons le sort qui est réservé aux opposants au régime.

Je veux croire encore. Que tout n'est pas fini, que quelque chose peut encore se passer. Comme dans les contes de fées. Qu'ils soient libérés. Que nous partions tous ensemble, vers la Belgique, puis l'Angleterre. Que nous vivions tous, libres et heureux. Que je
285 _ retrouve Léo.

Je sais que je rêve. La vraie vie, la réalité, elle est là, autour de moi. C'est l'Allemagne de Hitler, celle qui torture, interdit de penser librement, d'être généreux, différent, juif, handicapé, pauvre, communiste, celle qui supprime les malades mentaux, et qui fait
290 _ disparaître les opposants au régime. Depuis quatre ans, mon oncle Rolf a disparu. Il n'avait jamais caché ce qu'il pensait de Hitler. C'était au printemps 1939. Un an plus tôt, il avait été renvoyé de l'université où il était professeur, à cause de ses idées antinazies. Il

vivait chez nous ; un jour, il n'est pas revenu. C'est tout. Cela fait
quatre ans.   _ 295
   Cette année-là, je la marque d'une pierre rouge dans ma mémoire :
j'ai perdu mon oncle chéri. Et mon amour. Léo.

   Depuis des mois, je sais que Sophie, ma tendre, ma plus proche
amie, participe à ce groupe de résistance. La Rose blanche. Quel beau
nom ils ont choisi ! Nos frères à toutes les deux en sont. Le mien, _ 300
Thomas, le sien, Hans. Depuis leur retour du front russe, où ils ont vu
toutes les atrocités commises par l'armée du Reich sur les populations
civiles, les prisonniers de guerre et les Juifs, ils sont revenus encore
plus farouchement opposés au régime nazi. Ils ont noué des contacts
avec des groupes clandestins de résistants allemands.   _ 305
   Moi, je n'ai jamais pu franchir le pas. Sophie ne m'a d'ailleurs
jamais rien demandé. Elle sait ce que coûte aujourd'hui le seul fait
de savoir et de ne rien dire. Elle m'a même proposé, il y a quelque
temps, de ne plus nous voir.
   – Elisa, tu sais, je te respecte, je t'aime comme tu es. Je ne te _ 310
demande pas d'être comme moi, comme nous. Je ne te juge pas. Tu
as le droit de ne pas vouloir agir. Tu as même celui de ne pas vouloir
savoir.
   – Sophie, je ne sais pas pourquoi je suis comme ça… si inquiète
de tout…   _ 315
   Elle m'a interrompue :
   – Et tu as le droit d'être inquiète. Mais si nous continuons à nous
voir, je n'ai pas celui, moi, de ne pas te dire ce que je pense et ce que
je fais. Je ne peux pas te mettre dans une position intenable, Elisa.
Aussi, cessons de nous voir.   _ 320
   C'était la seule chose dont je n'étais vraiment pas capable : cesser
de voir Sophie. J'ai presque supplié :

– Non, Sophie !

Elle a souri.

325 _ – Décidément, tu n'es pas très conséquente… Enfin, il faut que tu saches : je suis prudente, mais Hans et moi courons des risques et en faisons peut-être courir à ceux que nous aimons…

Ses yeux se sont remplis de larmes quand elle m'a dit cela. J'avais déjà perdu Rolf et Léo. Sophie le savait. Nous savions tant de choses

330 _ l'une de l'autre. J'ai murmuré :

– Je sais, Sophie…

Je l'ai embrassée.

Je n'y crois pas. Je ne crois pas que son Dieu permette cela. Je dis «son Dieu» parce que j'ai l'impression depuis longtemps de ne

335 _ pas croire au même dieu qu'elle. Le mien n'est pas un refuge ni une consolation. Il se met en colère et il me semble qu'il peut être injuste avec les hommes. Il me semble qu'en ce moment même il a pris le parti des plus forts. Nous en avons parlé, une fois. Elle dit que Dieu nous demande d'être dans le monde et de l'aider, lui, à rendre

340 _ le monde plus juste. Que c'est ainsi que nous devons l'honorer. Moi, je croyais seulement que je devais accepter ce qui se présentait. Aujourd'hui, je ne sais plus.

Tout est brouillé. La seule chose que je sache, c'est mon affreuse tristesse.

345 _ Et maintenant, je me révolte ! Pour la première fois, je ne peux pas croire que Dieu permette l'injustice la plus profonde qui soit : séparer ceux qui s'aiment !

Le soir où Sophie m'a proposé de ne plus nous voir, je l'ai accompagnée au local, l'atelier d'un ami peintre, Rudy, envoyé sur le front

350 _ russe. Hans, Willi, Christl et Alex étaient déjà là, à s'activer sur la machine à ronéotyper. Ils étaient en sueur et mouraient de soif. J'ai

couru chez moi chercher de la bière. Cette nuit-là, ils ont tiré des milliers de tracts. Je me souviens du début : «La guerre approche de sa fin certaine…» Et puis aussi : «Mais que fait le peuple allemand ? Il n'entend plus, il ne voit plus, il suit aveuglément ses faux maîtres _ 355 sur le chemin du crime !»

Au petit matin, ils sont tous allés chez Hans dormir quelques heures. Ils ont passé la nuit suivante à mettre les tracts sous enveloppe et, le lendemain, ils ont déposé les paquets d'enveloppes dans toutes les boîtes aux lettres de la ville. Sophie a pris plus de risques encore : _ 360 elle a répandu des dizaines de tracts sur le sol entre Schwabing et la gare principale.

Aujourd'hui que je tremble si fort pour elle, je voudrais bien croire à ce Dieu de consolation dont elle me parle souvent et dont je me suis si souvent vantée de n'avoir pas besoin. _ 365

J'entends d'ici Sophie me gronder, elle me dirait : «Elisa, ce n'est pas possible : tu ne peux pas être croyante quand tu es triste et pas croyante quand tu es gaie ! Ça serait trop facile !» Et si c'était toi qui avais raison ? Si c'était en Dieu que les hommes et les femmes puisent leur courage ? Et que pour le gagner, ce courage, il fallait lui faire _ 370 confiance dans tous les moments de la vie, les pires comme les meilleurs ? Et si Dieu avait besoin d'une preuve d'existence, elle est dans Sophie : elle est croyante et courageuse. Je suis peu croyante et… un peu lâche. Elle rirait bien, ma Sophie, aujourd'hui, si elle entendait mes raisonnements ! _ 375

Jeudi 18 février 1943. Minuit.

Christl a été arrêté, lui aussi! Tous les trois, mon Dieu, ce n'est pas possible! Christl Probst.

Thomas me prévient à l'instant, un peu avant minuit. Il est reparti à nouveau, emportant ma clef. Il revient dormir ici cette nuit, je
380 _ ne sais pas à quelle heure. Il m'a glissé, sur un ton qui n'admettait pas de réplique :

– Couche-toi et dors! Ne m'attends pas!

Facile à dire…

Christl a été conduit en fin d'après-midi à la prison de la Gestapo,
385 _ le palais des Wittelsbach, où se trouvent Sophie et Hans. Se sont-ils vus? Croisés? Que savent-ils les uns des autres? Savent-ils, Sophie et Hans, que Christl est tombé, lui aussi? Il a été arrêté chez lui, quelques heures après eux. Il a deux petits enfants et sa femme, Herta, est sur le point de mettre au monde leur troisième. Avant
390 _ de partir, Thomas a ajouté :

– Tu dois fuir, Elisa, tu dois quitter la ville! Moi-même, je me cache, je ne pars pas tant que je ne sais pas ce qui arrive à nos amis. Mais toi, tu dois partir!

– Mais pourquoi, Thomas? Tu sais aussi bien que moi que je
395 _ n'ai rien fait. Rien, justement! Rien que l'on puisse me reprocher… Je pourrais peut-être me rendre utile dans cette situation, aider…

Thomas m'a regardée. Il était à bout, nous étions au bord des larmes, tous les deux. Il m'a caressé la joue.

– Tu dois être forte, nous devons tous l'être… Tout peut arriver.
Nous devons nous protéger, chacun de nous doit se protéger. Pour _ 400
nous-mêmes et pour les autres. Il faut partir.

Je ne peux pas quitter Munich sans savoir ce qui va arriver. Il
me semble que je dois rester ici.

Je ne suis pas sortie de chez moi depuis hier. Enfin, de l'im-
meuble. Je suis quand même montée chez ma logeuse qui m'a _ 405
donné généreusement dix morceaux de charbon. Avec ça, je tiens
une petite journée à peine.

Cela fait cinq ans que je connais Sophie. Nous nous sommes
rencontrées au printemps 1938. J'avais seize ans, Sophie tout juste
dix-sept. Elle venait chez nous, à Ulm, prendre des leçons avec _ 410
mon oncle Rolf qui avait été renvoyé de l'université où il était
professeur. Tout de suite, nous nous sommes entendues. Très vite,
je lui ai parlé de mon frère Thomas qui me disait : «On ne peut
pas rester comme ça les bras croisés à regarder notre pays s'en-
foncer dans l'horreur.» Ça l'avait intéressée. Je l'entends encore _ 415
me dire :

– Il a raison, ton frère, le mien pense exactement pareil.

Je revois son regard brusquement rêveur en me parlant de son
frère.

– Hans… Il a fait partie des Jeunesses hitlériennes. Il en est _ 420
revenu, je peux te le dire! Aujourd'hui, il ne comprend même pas
comment il a pu être si naïf. Je l'ai été aussi… je veux dire, naïve.
Enfin… Moi aussi, j'ai cru en l'idéal des Jeunesses hitlériennes.
J'admirais tellement mon frère, je voulais tout faire comme lui!

Elle me testait. Elle voulait savoir ce que je pensais.   _ 425

J'ai dit :

– Tu peux me parler, Sophie. Je ne suis pas spécialement vaillante, mais je crois que je comprends des choses…

– Hans est plus vieux que moi, de deux ans… Au début, nous y
430 _ avons vraiment cru, à toutes ces sornettes, tout ce que disaient les Jeunesses, l'amour de la patrie, le grand peuple allemand et tout ça…

Elle s'est arrêtée, elle guettait ma réaction.

– Oui, je sais, ai-je continué. Je sais ce que tu veux dire. Ça paraissait simple, au début. Hitler, le sauveur. Nous aussi, à la maison, quand il
435 _ est devenu chancelier[1], tout le monde était content. La radio disait : «Enfin, ça va aller mieux!», et puis à l'école, on nous parlait tout le temps de camaraderie, d'idéal de la jeunesse, tu te souviens?

– Oui. C'est vrai, ça paraissait si simple… Parce que nous étions des enfants. Mon père a toujours su que ce n'était pas simple. Quand
440 _ Hans revenait des camps des Jeunesses, il nous parlait des chants patriotiques d'une voix vibrante, avec les yeux brillants, des défilés en rangs serrés, du drapeau qui flottait au vent, au son des tambours. Je trouvais ça formidable. Je voulais y aller, moi aussi… Notre père fronçait les sourcils, il disait que Hitler trompait le peuple allemand,
445 _ que tout ça finirait mal. Ça nous rendait furieux…

– Mes parents, au contraire, étaient des fidèles… Pour eux, Hitler disait enfin ce que tout le monde voulait entendre. Ils aimaient leur pays, Hitler disait que lui aussi. C'était ça qu'il fallait faire : aimer l'Allemagne. Comme on aimait les forêts, les myrtilles d'été, les
450 _ pâturages, les pommes d'automne et l'*apfelstrudel* de maman. Être d'accord avec Hitler, ça paraissait aussi simple qu'aimer l'*apfelstrudel*.

Sophie a éclaté de rire. Et puis, l'instant d'après, elle est devenue grave.

– C'est bien ça, le problème. Tout le peuple allemand a suivi : au

---

1. 30 janvier 1933.

début, il ne s'agissait que d'apprécier une spécialité locale, comme _ 455
l'*apfelstrudel*. Sauf que maintenant, notre spécialité locale, c'est d'être
devenus des criminels.

Un froid brutal m'a envahie. Je me suis raidie.

– Ne dis pas des choses comme ça, Sophie. Je… Je ne suis pas prête
à… à… _ 460

Les mêmes paroles que Thomas. Cette façon qu'elle avait de dire
tout à coup un mot terrible. Qui me paraissait présager un avenir
noir, un avenir que je n'étais pas de force à affronter. Mais Sophie
avait aussi cette grâce-là, de dissiper mes angoisses par un sourire.

– D'accord, je ne te parle plus de ça. Allez, viens ! On va faire des _ 465
bouquets pour le bureau de papa !

Nous courions comme des folles jusqu'à un terrain vague plein
de narcisses sauvages. Nous cueillions de larges brassées au parfum
entêtant, les tiges étaient humides sur nos bras nus. Je lui parlais de
Léo et de mon amour tout neuf. Tout était oublié, nous riions, nous _ 470
étions heureuses.

Il me semble que tout avait commencé un ou deux ans plus tôt.
Une appréhension vague, comme une ombre au-dessus de nos têtes.
Mon oncle Rolf subissait déjà les tracasseries de ses collègues de
l'université. Même mes parents, qui pourtant n'étaient pas contre _ 475
les nazis, vivaient avec ce nuage noir qui, peu à peu, prenait un nom :
la «guerre mondiale». Mais elle n'était encore qu'une menace diffuse.
Il y avait ces discussions, rares mais violentes, à table, à propos des lois
contre les Juifs. Ces lois de Nuremberg[1] qui étaient passées comme
une lettre à la poste, disait mon oncle Rolf. _ 480

Mon père ne cessait de provoquer Rolf :

---

1. Lois adoptées le 15 septembre 1935.

– Notre Führer sait parfaitement ce qu'il fait, nous n'avons qu'à le suivre sans nous poser de questions !

Rolf se récriait :

485 _ – Les lois de Nuremberg sont une infamie ! Il se passe en Allemagne des choses qui sont un outrage à la démocratie et à l'humanité !

Je ne savais pas encore précisément à quelles choses mon oncle faisait allusion et j'avais une idée assez imprécise de la démocratie. Mais j'étais envahie de honte, lorsque j'entendais mon père s'écrier :

490 _ – Notre devoir de citoyens est aujourd'hui de lutter contre «les ennemis de l'intérieur» !

Il semblait prendre un malin plaisir à titiller mon oncle, parlant du «comportement juif arrogant», disant même que si nous avions la guerre, ce serait la faute des Juifs. Rolf faisait des efforts désespérés

495 _ pour se contenir ou sortait précipitamment.

Déjà, on boycottait les magasins juifs. Je me souviens, un matin, en partant à l'école, de l'affiche sur le magasin de Mme Grynstein. Je m'y arrêtais toujours pour regarder les merveilleuses dentelles, si fines, comme des toiles d'araignées, qui étaient en vitrine. Ce jour-là,

500 _ une affiche avait été posée pendant la nuit : «Allemands, achetez dans des magasins allemands ! N'achetez pas juif !»

J'avais été choquée, mais j'avais à peine quinze ans et je ne comprenais pas tout. J'avais vu l'air doux et fatigué de Mme Grynstein quand elle était sortie sur le pas de sa porte pour me saluer. Je ne

505 _ savais même pas ce que ça voulait dire, «être juif». J'ai demandé à mes parents, mon père a fait une réponse évasive :

– Ce sont des gens qui vivent chez nous, mais qui ne sont pas allemands.

J'ai demandé :

510 _ – On est obligés d'être allemands ?

– Oui. Pour vivre en Allemagne, oui. Chacun chez soi.

Je n'avais pas osé ou pas jugé utile de poursuivre. Et puis un jour, les Juifs étaient brusquement devenus des parias[1] : on leur interdisait d'être professeurs, policiers, médecins, journalistes, acteurs, de se marier avec des Aryens. _ 515

Et les Aryens, c'était nous. Je le découvrais et je ne le comprenais pas. Cela me paraissait aussi absurde de découvrir à quatorze ans que j'étais une Aryenne que si l'on m'avait annoncé que j'étais une Martienne.

Et puis un jour, les Juifs n'ont plus eu le droit de prendre le métro, _ 520 le train, de se promener dans les squares. On brûlait les livres d'auteurs juifs. Mon oncle Rolf disait que c'était un scandale, une honte. Mon père refusait que l'on porte le moindre jugement négatif sur les «réformes» de Hitler. Un jour, oncle Rolf avait quitté la table.

Un peu plus tard, on a signifié à mon oncle qu'il était en sur- _ 525 nombre. On l'a obligé à abandonner son poste de professeur. C'était au début de l'année 1938. Il s'est retrouvé au chômage. En réalité, il avait refusé de s'inscrire au parti nazi.

L'atmosphère s'est encore dégradée à la maison. Mon père disait que la présence de Rolf représentait un danger pour notre famille. _ 530 Les repas sont devenus de plus en plus pénibles. Thomas et moi prenions sa défense, ma petite sœur Dolly, qui avait douze ans, nous regardait avec des yeux ronds, ma mère avec un regard de chien battu que nous détestions. Rolf se levait de table avant le dessert. C'était affreux, il n'avait plus de travail et aucun lieu où aller, il était obligé _ 535 de rester chez nous et je sentais que cette dépendance était insupportable pour tout le monde.

Les hommes en manteau de cuir sont apparus, puis revenus

---

1. Mis au ban de la société.

23

plusieurs fois. Ils cherchaient mon oncle Rolf. Ils entraient chez
540 _ nous avec le salut hitlérien, en forçant le passage, et furetaient des
yeux lorsque mon père leur disait que son beau-frère n'était pas là.
Je crois qu'il aurait préféré voir Rolf arrêté une bonne fois pour
toutes. Il s'est mis à reprocher à ma mère d'abriter en son frère un
terroriste. Rolf n'était heureusement jamais là quand ils venaient.
545 _   Mon oncle a dû prendre des élèves en leçons particulières à la
maison. Au début, c'était très gai. Il y avait des jeunes de notre
âge qui venaient presque tous les jours suivre des cours de littérature allemande avec mon oncle. Thomas et moi étions ravis. C'est
comme ça que nous avons rencontré Sophie.

550 _   Au début de l'automne 1938, on a appris que tous les médecins
juifs étaient interdits. Notre médecin, le docteur Bernheim, qui
nous avait tous soignés petits, n'avait plus le droit d'exercer son
métier. Je ne l'avais pas vu depuis longtemps, mais cela m'a fait
un choc. Avec Sophie, nous avons décidé d'aller le voir.
555 _   Le docteur Bernheim était aussi le père de Léo dont je venais
de tomber amoureuse.

      Quand nous sommes arrivées au 16 allée des Tilleuls, nous avons
trouvé porte close. Les volets de métal étaient tirés. C'était un
vendredi. Nous étions étonnées parce que le docteur Bernheim
560 _ sortait rarement de chez lui depuis la mort de sa femme. J'ai dit
à Sophie :
      – Léo revient tous les dimanches voir son père. Après-demain,
il y aura forcément quelqu'un…
      – C'est quand même bizarre, Elisa, c'est un jour de consultation.
565 _ Il n'a pas congédié comme ça ses patients du jour au lendemain…
      L'inquiétude m'a tenaillée jusqu'au dimanche matin. Quand
nous sommes revenues, la maison n'avait pas été ouverte.

Léo qui faisait ses études à Munich aurait dû être là et les Bernheim n'avaient aucune famille en ville. J'ai attendu en vain un signe de lui. Nous y sommes à nouveau retournées une semaine plus tard. _ 570 La maison était toujours fermée, silencieuse. L'herbe avait poussé et rendait difficile l'ouverture de la grille. Nous sommes rentrées sans parler, le poids du ciel sur nos épaules.

En octobre, j'ai reçu une carte de Léo. Elle était postée de Taubhof, une localité qui ne me disait absolument rien. J'ai scruté frénéti- _ 575 quement la carte de l'Allemagne. Cela devait être trop petit pour y figurer. Léo disait simplement : «Je t'aime. Ne t'inquiète pas pour moi. Je t'aime.»

C'était la première fois qu'il me l'écrivait.

L'automne tirait à sa fin. Il y a eu cette terrible nuit qu'on a appelée _ 580 la Nuit de Cristal[1].

Le 9 novembre de cette année-là, le soir commençait à tomber, Sophie est arrivée pour sa leçon de 17 heures avec Rolf. J'ai tout de suite vu qu'elle avait pleuré. Elle m'a dit très vite, le visage crispé :

– Il se passe des choses horribles en ville. Ils ont arrêté _ 585 Mme Grynstein, son fils et sa belle-fille, pillé son magasin, brisé ses vitrines ! J'ai trouvé le petit Elisha, qui a douze ans, tout seul au milieu du magasin dévasté. Nous devons faire quelque chose !

Et moi j'ai dit :

– Sophie, nous ne pouvons rien faire. Nous ne ferions qu'exposer _ 590 nos familles.

Je vois encore l'éclat de son regard. Sophie est sortie de la pièce, sans un mot, rejoindre Rolf qui l'attendait pour sa leçon. Je savais déjà que même si je fermais les paupières, l'éclat de ce regard continuerait

---

1. Nuit du 9 au 10 novembre 1938.

595 _ longtemps à me brûler la rétine. Je l'ai pris alors pour du mépris et de la haine, il me brûlait aussi le cœur.

Presque aussitôt, on a entendu des cris dans la rue. Et aussi des bruits de vitres brisées qui semblaient se répercuter à l'infini. J'ai ouvert la fenêtre. Des gens galopaient en direction de la place du mar-
600 _ ché. Une épaisse fumée noire s'élevait par-dessus les toits de la halle. Sophie a couru, elle aussi, à la fenêtre. Avant que je ne comprenne ce qui se passait, elle était dans l'escalier. Arrivée en bas, elle a hurlé :
– Appelle Rolf ! Ils ont foutu le feu à la synagogue[1] !
Et elle s'est précipitée dans la rue.
605 _ Je ne peux pas tout raconter. Les visages tournés vers le ciel. Les regards hébétés. Le silence impuissant. Le silence complice. Le grondement du feu qui dévorait la synagogue. Les larmes d'incompréhension, celles du vieux Schönwitz, qui coulaient sans discontinuer dans des rides ravinées que je connaissais bien parce qu'elles étaient des
610 _ rides de sourire. Le craquement sinistre de la coupole qui s'effondrait. Et puis les applaudissements d'une partie de la foule, les pompiers qui regardaient tranquillement se consumer les dernières poutrelles, les commentaires triomphants de certains de nos voisins. L'odeur de brûlé qui a flotté dans tout le quartier pendant plusieurs jours. La rue
615 _ jonchée d'éclats de verre comme une poudre d'argent malfaisante.

Cette nuit-là, dans tout le pays, les nazis ont saccagé les magasins des Juifs. À cause de tout ce verre brisé, on l'a appelée la Nuit de Cristal.

Je ne vais pas tout raconter.
620 _ Le feu à la synagogue, les éclats de verre.
Le regard de Sophie.
Après, pour oublier ce regard, pour qu'il n'ait jamais existé,

---

1. Lieu de culte juif.

quelque chose a changé à l'intérieur de moi. La peur n'est pas partie, mais j'ai commencé à la combattre. Un premier sursaut. Il ne venait pas de moi, mais de Sophie. Une sorte de prise de conscience. Juste _ 625 avant, il y avait eu Léo. Léo qui avait disparu.

Pourtant, c'est affreux à dire : ça s'arrêtait là, à la prise de conscience. Le pas suivant, «entrer en résistance», comme disaient mes camarades, je n'ai pas voulu le franchir. Je ne suis pas sûre que ce soit seulement à cause de la peur. Aussi une sorte de mollesse, de lâcheté _ 630 vague. Peut-être étais-je encore trop préoccupée de moi-même. Je ne sais pas.

Durant ces deux dernières années, pendant ces mois où mes camarades se sont battus, je ne suis jamais vraiment arrivée à croire que cette activité clandestine, tout ce travail de fourmi, servait à quelque _ 635 chose. Je les trouvais admirables, je les enviais et pourtant, je me disais : «Ça ne sert à rien.» Je voyais les soldats de la Wehrmacht, sanglés dans leurs ceinturons brillants, leurs bottes martelant le pavé, je me disais : «Ils sont les plus forts, nous ne sommes rien, nous sommes comme des insectes qui s'agitent en tous sens.» _ 640

Et maintenant, seulement maintenant, je veux croire de toute mon âme que ce qui arrive aujourd'hui servira à quelque chose. Maintenant que peut-être il est trop tard, que peut-être… Sophie, pardonne-moi, du fond de ta cellule, où que tu sois, ma Sophie, pardonne toutes ces pensées, elles sont celles d'une jeune fille boule- _ 645 versée et qui se sent tellement seule!

Toujours vendredi 19 février 1943

Thomas est revenu chez moi en pleine nuit, s'est écroulé sur mon lit. Il dort, je dois le réveiller à 8 h 30. Je regarde le visage de mon frère, torturé jusque dans le sommeil, je n'ai pas pu me rendormir.

650 _ Il est 7 heures. Aube sale, nuit encore, ciel plombé d'un jour de neige qui ne se lèvera pas.

Le lendemain de la Nuit de Cristal, Sophie est revenue à la nuit tombante, tenant fermement par la main le petit Elisha. Je ne l'ai pas vu tout de suite dans l'ombre, il se cachait derrière elle.

655 _ – La grand-mère n'est pas rentrée, nous devons le cacher. *Ils* patrouillent dans le quartier… Ils cherchent les Juifs. Il faut trouver une solution. Tout de suite. En attendant, Elisha doit rester ici, dans la chambre de Rolf…

J'ai pris le petit garçon par l'autre main. Tout son corps tremblait,

660 _ comme un petit chaton. Rolf a mis le verrou à la porte de sa chambre et je suis allée à la cuisine lui faire un chocolat chaud. La situation était folle, mais je n'avais pas peur. Si mon père avait découvert Elisha chez nous, il l'aurait dénoncé sur-le-champ. Il se serait même servi de l'occasion pour faire arrêter Rolf, l'éloigner pour de bon de

665 _ notre famille. «Extraire la branche pourrie du tronc sain», comme il disait. Je savais tout cela. Et je ne tremblais pas en faisant fondre le bloc de chocolat granuleux dans la casserole. C'était le premier acte courageux que je faisais et je me sentais bien.

J'avais été si malheureuse depuis le départ de Léo. En touillant le chocolat, il me sembla un instant que Léo était là et qu'il me regardait en souriant. _ 670

Sophie a emmené Elisha chez elle. Le lendemain, nous avons appris qu'ils avaient relâché Mme Grynstein, mais que les parents d'Elisha avaient été emmenés dans un camp de travail à l'Est. La grand-mère voulait reprendre son petit-fils. Hans, Sophie et moi sommes retournés _ 675 au magasin. Nous avons passé toute la journée à nettoyer les débris, réparer les meubles, fixer les étagères, sauver ce qui pouvait l'être de la lingerie et des pièces de dentelle. Mme Grynstein gémissait chaque fois que nous retrouvions, complètement lacéré, un de ces merveilleux tissus ouvragés sur lequel elle avait passé parfois des _ 680 semaines. Néanmoins, nous avons remis un semblant d'ordre et le soir, elle était tout émue de l'aide que nous lui avions apportée. Elle gardait nos mains dans les siennes, versait des larmes d'émotion et de désespoir mêlés, tout en répétant inlassablement :

– Penser que j'ai vécu jusqu'à soixante-quinze ans pour voir une _ 685 chose pareille…

Sophie venait moins souvent. Je savais bien qu'elle souhaitait éviter toute rencontre avec mon père qui n'avait de cesse de l'entreprendre[1] sur le Führer. Rolf se rendait parfois chez les Scholl pour donner sa leçon hebdomadaire à Sophie. _ 690

J'allais de temps en temps chez eux. Après son cours, nous causions. Elle me parlait de cette terrible désillusion qu'elle avait ressentie en prenant conscience de la vraie nature des «idéaux» nazis : antisémitisme, intolérance, barbarie. Surtout, elle me parlait de ses lectures. Elle s'était mise à se passionner pour les grands écrivains allemands _ 695

---

1. Revenir avec insistance sur un sujet.

et français et était tout heureuse quand son frère Hans était là. Mon oncle discutait des heures avec eux d'auteurs comme Pascal[1], saint Augustin[2] ou Léon Bloy[3]. Hans avait deux ans de plus que Sophie, ils étaient très proches, très attachés l'un à l'autre. Ils le sont toujours.

700 _ Hans citait des phrases entières d'un auteur français qu'il admirait, Paul Claudel[4]. Je me souviens de celle-ci, qu'il disait en français : «La vie est une grande aventure vers la lumière.»

Ils avaient tous trois des conversations passionnées sur la vie, la religion, la morale, la politique. J'étais un peu jalouse. Je ne me

705 _ sentais pas à la hauteur. Je me suis mise à lire, moi aussi. Sophie m'a donné à lire Goethe[5] et l'*Apologie de Socrate*, de Platon[6]. Pendant quelques mois, il y a eu ces échanges, ces rencontres, ces moments de bonheur qui étaient plus forts que la peur, qui semblaient nous garantir l'éternité. Surtout, qui m'ont aidée à traverser l'épreuve de

710 _ la disparition de Léo. Je n'avais eu aucune nouvelle de lui depuis la petite carte. Sophie, Hans et Thomas avaient beau être persuadés que Léo se cachait quelque part, tenter de me convaincre qu'il avait raison, étant juif, leurs paroles ne parvenaient pas toujours à apaiser mon cœur.

715 _ Et puis Hans est parti à Munich faire ses études de médecine.

Surtout, en janvier 1939, mon oncle Rolf a disparu à son tour.

Un soir, j'ai demandé pourquoi on ne l'avait pas vu depuis plusieurs jours. Mon père a haussé les épaules et replongé dans son journal. Ma mère a paru embarrassée, elle a dit :

720 _ – Tu connais ton oncle.

---

1. Penseur français (1623-1662).
2. Augustin d'Hippone, philosophe chrétien de l'Antiquité (354-430).
3. Écrivain français catholique (1846-1917).
4. Écrivain français catholique (1868-1955).
5. Célèbre écrivain allemand (1749-1832).
6. Philosophe grec (env. 427-348 av. J.-C.).

J'ai trouvé cette remarque stupide. Je n'ai rien répondu, il était évident que je n'en saurais pas plus. Mais j'ai quand même pensé que ma mère se trompait : je connaissais bien mal mon oncle pour n'avoir rien deviné ou rien senti venir.

J'ai été très malheureuse. Le nom de Rolf n'a plus jamais été _725 prononcé chez mes parents. Comme s'il n'avait jamais existé. Aujourd'hui, personne ne sait où il se trouve. Nous avons appris voici deux ans qu'il avait été transféré dans un camp, à cause de ses opinions politiques.

J'aimais mon oncle Rolf. Je l'aime, c'est affreux, je dis ce verbe au _730 passé. Comme si…

L'hiver a passé. En mars, j'ai reçu une lettre de Léo. Mon cœur battait la chamade en l'ouvrant. Il s'inquiétait pour son père, n'avait aucune nouvelle, me demandait si, à Ulm, nous savions quelque chose. Ils étaient partis précipitamment et avaient décidé d'un com- _735 mun accord de se séparer, mais de se garder informés l'un de l'autre. Léo se cachait effectivement, ne me disait pas où. Cette fois, le cachet indiquait Wiesloch. La carte d'Allemagne restait encore muette sur cette localité. Cette lettre me remplissait de joie et de désespoir en même temps. Il était toujours amoureux, il me le disait, nous nous _740 retrouverions. Et puis toutes ces incertitudes, son père, le lieu de sa retraite, ses projets immédiats. Tout cela était affreusement angoissant.

Il n'y avait aucune nouvelle non plus des parents d'Elisha. Au début du printemps, Sophie m'a annoncé qu'il fallait mettre _745 Mme Grynstein et Elisha à l'abri. Les interdictions contre les Juifs pleuvaient de nouveau. Interdiction d'acheter des journaux dans des kiosques, de prendre le tram, de faire ses courses en dehors de

certaines heures. Il y avait aussi de plus en plus de «disparitions»
750 _ inexpliquées et c'était cela qui inquiétait Sophie.

Le père Brunner, un prêtre ami des Scholl, avait indiqué l'adresse
d'une petite communauté religieuse à la campagne où Mme Grynstein
et Elisha seraient en sécurité. Les sœurs accueillaient des personnes
menacées. Nous sommes partis un matin de juin 1939.

755 _ Aujourd'hui, je regarde ma vitre givrée, le dehors noir et glacé, et
je repense à cette journée radieuse. Nous avions pris le train, traversé
à petite vitesse, dans ce wagon essoufflé, des champs illuminés de
coquelicots, larges taches écarlates dans le blé mûrissant. Le long de la
voie, il y avait de gros buissons d'églantines blanches et des cytises aux
760 _ grappes jaune citron, et je me suis demandé comment tant de beauté
pouvait exister à côté de tant de souffrances. À un moment, Elisha
s'est penché par la fenêtre, il riait aux éclats, de bonheur, et il a reçu
une escarbille[1] de charbon dans la figure, échappée de la locomotive.
Ballottés dans le petit train de campagne, sur les bancs de bois, nous
765 _ étions heureux, nous faisions des blagues. Il n'y avait plus de guerre,
plus de misère, plus de fuite ni de disparitions. Simplement trois
jeunes gens, une vieille dame et un enfant heureux d'être ensemble
dans un train qui filait dans la campagne. Arrivés à la petite gare, il
était tard, presque 10 heures du soir, mais il faisait encore jour. J'ai
770 _ vu le nom, Taubhof, et cela m'a rappelé confusément quelque chose.
Une voiture attendait, il y avait trois places derrière. Mme Grynstein,
Elisha et Sophie sont montés. Hans et moi avons enfourché les deux
bicyclettes que les religieuses avaient apportées. Je me sentais bien,
insouciante tout à coup, une sensation oubliée depuis longtemps.
775 _ Nous avons traversé une forêt, la nuit tombait et, brusquement, la
fraîcheur est arrivée. En sortant du bois, nous avons mis pied à terre

---

1. Fragment de charbon.

pour reprendre notre souffle. Nous nous sommes assis sur le talus,
la nuit était constellée d'étoiles et la lune presque pleine montait,
jaune, derrière le vallonnement. C'était beau comme un miracle,
beau à pleurer. J'ai dit : _ 780

– Tu vois, tout est si paisible… Et moi, au lieu d'en profiter, je
pense que j'aurais tant aimé pouvoir regarder ce ciel avec Léo…
C'est idiot !

Hans m'a dit alors d'un ton énigmatique :

– Parfois, le ciel exauce nos souhaits les plus fous… _ 785

Je l'ai regardé. Il a souri, s'est relevé en essuyant son pantalon.

– Allons-y, plus qu'un petit quart d'heure !

Quand nous sommes arrivés, ils étaient nombreux à être attablés
devant un repas dont j'ai senti le fumet avant de voir ce qu'il y
avait dans les assiettes. Je n'ai pas regardé ce qu'il y avait dans les _ 790
assiettes, parce que j'ai senti tout de suite son regard. La lumière
dans ses yeux m'a accrochée. J'ai couru, il m'a prise dans ses bras
et nous sommes restés comme ça, devant tout le monde, les religieuses, Mme Grynstein, trois autres personnes que je ne connaissais pas, Hans et Sophie qui souriaient. Il me semblait que tout _ 795
le monde souriait.

Léo était là, dans cette communauté perdue au fond des
bois, depuis six mois. Il y terminait sa thèse de médecine, au
calme, loin du déchaînement et de la folie. Robert Scholl l'avait
appris presque par hasard, au cours de ses conversations avec le _ 800
père Brunner. C'était un miracle. Le miracle du ciel étoilé se pour-
suivait.

Nous avons passé là deux jours et deux nuits qui sont restés gra-
vés dans ma mémoire. Ils sont hors du temps. Hors de ce temps-là
que nous vivons, que nous revivons depuis. C'est parce qu'ils sont _ 805
hors de notre réalité d'aujourd'hui qu'ils me semblent réels. C'est

parce qu'ils me semblent réels que je me dis sans cesse que je retrouverai Léo. Puisque nous nous sommes perdus à nouveau.

Je me dis que le réel est plus fort que le faux et l'injuste. C'est aussi
810 _ ce que disent Sophie et Hans et Thomas et les autres. À leur façon. Moi, ce réel, je le touche par l'amour. Si je me bats aujourd'hui, c'est pour retrouver Léo. Sophie dit que le jour où je retrouverai Léo, c'est que la guerre sera finie.

Léo espérait que son père avait réussi à gagner l'Angleterre où il
815 _ pensait pouvoir de nouveau exercer mais, à part une petite carte postée de Hollande, il n'avait plus de nouvelles depuis des mois. Lui, il voulait partir pour Paris. C'était son idée fixe.

Sophie, Hans et moi sommes repartis après quelques jours. Pendant le voyage de retour, en nous amusant à regarder les noms des
820 _ petites gares que nous traversions, j'en ai reconnu un, Wiesloch. La deuxième localité mystérieuse des cartes de Léo était si minuscule, une gare de poupée au milieu des champs, que j'ai eu envie d'éclater de rire. Mais je crois que c'était le trop-plein de bonheur. Durant tout le trajet, nous nous sommes étonnés de penser à quel point
825 _ nous avions vite pris l'habitude du bonheur. Hans disait d'un air rêveur :

– L'homme est décidément un animal très adaptable. Et vous allez voir que nous allons nous réhabituer très vite à notre vie de Munich. C'est bien cela le danger : les hommes sont capables de s'adapter à des
830 _ situations que toute la morale humaine, toute la conscience devraient interdire. Cette faculté-là, d'anesthésie générale, c'est là-dessus que comptent les nazis ! C'est contre cela qu'il faut lutter, garder les yeux ouverts, rester en éveil ! C'est cela le plus difficile… Rester en éveil !

Pour l'heure, ce qui me gardait en éveil, c'était l'amour de Léo.
835 _ J'adhérais à tout ce que disait Hans. Mais pour l'amour de Léo.

Léo est resté dans la communauté des sœurs encore quelques semaines. J'y suis retournée plusieurs fois. Ensuite, il est parti pour la France. Mais il y avait eu tout cet été-là.

Tout cet été-là 1939 qui me paraît une vie entière parce que j'aimais Léo et que le temps s'était arrêté. Ensuite, il y a eu la guerre _ 840 et cela m'a paru incongru[1], inadapté, sans rapport avec l'essentiel. Absurde, mesquin. Et puis terrible, déchirant. Mais nous n'y croyions pas. Pourtant, mi-septembre, Léo a quitté la maison des bois et les gentilles sœurs. Il est parti pour la France. Il m'a écrit de Paris.

Et puis un jour, il a cessé d'écrire. _ 845

---

1. Déplacé.

Vendredi 19 février 1943. 8 h 30.

Thomas dort toujours. Je lui ai mis les deux couvertures.

Je le regarde. Il a l'air si épuisé, les traits creusés, durcis. Même dans le sommeil, on dirait qu'il est tendu.

Le poêle est éteint de nouveau. Il neige.

850 _ On dit les pires choses sur les prisons de la Gestapo. Je ne veux pas écrire ce qu'on dit. J'ai l'impression qu'écrire, cela rend les choses vraies.

Il me semble aussi que, tant que j'écris, Thomas va continuer à dormir. C'est idiot !

855 _ Je ne veux pas le réveiller. Il sera fâché, mais tant pis.

J'ai rajouté mon châle sur les couvertures, pour être sûre qu'il n'ait pas froid.

Maintenant, je grelotte ! Mes doigts sont glacés, malgré les mitaines, les bouts sont tout blancs.

860 _ Je voudrais parler de Léo. Puisqu'il me semble que lui aussi a disparu. C'est cela, la guerre. Nous disparaissons les uns pour les autres. Et c'est peut-être cela, vivre : faire des efforts de tous les instants pour ne pas disparaître. Se souvenir. Entre les deux, il y a la paix : l'amour et les fleurs. Et le soleil. Nous en parlions beaucoup,

865 _ avec Sophie. De l'amour, puisqu'elle avait aussi un fiancé que la guerre lui a enlevé, de la nature qu'elle adorait.

Elle connaissait les noms de toutes les fleurs. Durant nos

promenades, il y avait toujours un moment où elle interrompait brièvement notre conversation pour glisser :

– Tiens, ça, c'est une salicaire… Et ça, là-bas, la grande chan- _ 870
delle jaune sur le talus, c'est la molène, on l'appelle aussi « bouil-
lon-blanc »…

Parfois, j'étais un peu agacée.

– Sophie, ça n'est vraiment pas la peine de me dire tous ces noms,
je ne les retiendrai jamais !   _ 875

– Je ne les dis pas pour que tu les retiennes… c'est bizarre, tu sais…
J'ai autant besoin de mettre un nom sur une fleur que sur un visage…

Elle a ri.

– C'est sûrement idiot… Tu sais, si je me trouve devant un champ
fleuri sans pouvoir en nommer les fleurs, je me sens aussi mal que si _ 880
je me trouvais en face d'un orchestre qui joue une symphonie alors
que je suis sourde. Je ne sais pas, c'est une drôle d'histoire… j'ai sans
doute la conscience hypertrophiée…

Je la regardais, étonnée. Sophie me semblait si différente de moi.
Je comprenais sans comprendre. Tout chez elle est plus aiguisé, plus _ 885
profond, plus à l'écoute des autres et de chaque chose du monde. Elle
a repris, plus gravement :

– En parlant de conscience… La guerre, c'est aussi avoir conscience
de certaines choses beaucoup trop jeune.

Voilà, je veux parler de Léo et je parle de Sophie !   _ 890

Avec Léo, nous nous connaissions depuis très longtemps. Nous
avions été à l'école ensemble, il était trois classes au-dessus de moi,
mais nous faisions souvent le trajet ensemble. Je l'admirais parce
qu'il était plus grand. Il me taquinait chaque fois que l'occasion
se présentait, me faisait croire des énormités que je gobais sans _ 895
sourciller.

Après les années d'école, je l'ai perdu de vue. Mes parents ont cessé un jour de fréquenter le docteur Bernheim. Sans doute au moment des premières lois contre les Juifs. Je ne m'en rendais pas compte
900 _ alors. Nous avons changé de médecin de famille. De temps en temps, je croisais Léo, nous nous saluions gentiment.

J'ai su par Thomas qu'il faisait des études scientifiques à Munich. En mars 1938, Hilde Bernheim est tombée malade, brusquement. Un jour, elle s'est alitée et a sombré dans une dépression telle qu'elle
905 _ a cessé de se nourrir. Malgré les remontrances de son mari et de son fils, elle déclara ne pas être faite pour cette époque. Elle est morte en trois semaines.

À partir de ce moment-là, le docteur n'est plus sorti de chez lui. Les patients se raréfiaient. Léo étudiait à Munich. Je venais de rencontrer
910 _ Sophie et toute la famille Scholl. Robert Scholl a décidé que, deux fois par semaine, Sophie et Werner, son frère plus jeune, lui feraient ses emplettes. Je me suis proposée pour aider, moi aussi.

C'est comme ça que j'ai revu Léo. Je l'avais aperçu aux obsèques de sa mère, mais nous avions échangé trois mots tout au plus. Un
915 _ jour, j'ai sonné à la porte avec mon cabas de légumes et Léo m'a ouvert. Il m'a accueillie comme si nous nous étions quittés la veille. Il m'a remerciée de ce que nous faisions pour son père, m'a parlé de la difficile épreuve qu'avait été la maladie de sa mère, de ses études qui le passionnaient, mais qu'il doutait pouvoir poursuivre dans les
920 _ conditions actuelles. En nous quittant, nous nous sommes embrassés affectueusement, il m'a promis de me faire signe lorsqu'il reviendrait en ville.

Quelque temps plus tard, nous nous sommes rencontrés dans une fête de la bière. Il avait un peu bu, mais n'était pas ivre. Il m'a
925 _ invitée à danser. Il était très maladroit, moi aussi et nous avons ri. D'un coup, c'était la complicité retrouvée. Nous nous sommes assis

sur un banc. Il m'a parlé de lui, de ses espoirs, de sa mère encore, longuement ; il se sentait coupable de sa disparition. Il m'a parlé de sa crainte de la guerre et de la situation de son père, de celle de tous les Juifs d'Allemagne. Je l'écoutais, j'ouvrais de grands yeux. C'était _930 la première fois que l'on s'épanchait[1] ainsi devant moi. Comme si j'étais quelqu'un d'intéressant, à qui l'on pouvait se confier. Brusquement, je me sentais une personne différente. Tout à fait différente de l'instant d'avant.

Et puis il m'a pris la main, je l'ai laissé faire. Il m'a regardée dans _935 les yeux. Je me suis mise à trembler. Je ne comprenais pas du tout ce qui arrivait. J'avais seize ans. Je venais de rencontrer Sophie.

Il m'a dit :

– Elisa, je crois que je t'aime.

J'ai pensé : « Il est ivre. » J'ai pensé surtout : « Non, non, pas ça ! Je _940 suis trop jeune ! » J'ai fait mine d'éclater de rire et je lui ai dit :

– Mais tu es fou ! Nous nous connaissons depuis toujours !

J'ai dégagé ma main et je me suis levée. Après, il ne s'est plus rien passé. Mais quelque chose avait changé tout au fond de moi.

Il est reparti pour Munich et je me suis maudite mille fois de ma _945 sottise. Je me suis mise à penser à lui sans arrêt.

Deux semaines plus tard, il est revenu à Ulm rendre visite à son père. Je l'ai su par Sophie. Quand il a sonné à la porte de chez nous, mon cœur battait à tout rompre. Je l'attendais. Nous sommes allés nous promener. Il m'a embrassée. _950

Je n'ai pas osé lui dire que je ne voulais pas qu'il me raccompagne. Il était impensable que mon père se doute de quelque chose entre Léo Bernheim et moi. Nous n'avons pas eu besoin d'en parler. Nous nous sommes embrassés avant le coin de ma rue.

---

1. Se confier sans retenue.

955 _ Nous étions au mois de juillet 1938. Après, il revenait toujours les dimanches à Ulm. Nous nous promenions en nous tenant la main, nous marchions des heures, loin de mon quartier, et nous nous embrassions sous les arbres. C'était l'été. Nous n'avons pas connu d'hiver ensemble. Cet automne-là, ils ont dû partir, lui et son père, à
960 _ cause des lois contre les Juifs.

Après la terrible Nuit de Cristal du 9 novembre, l'unique élève juive de notre classe, Irme Mayer, a cessé de venir à l'école. Je n'avais pas revu Sophie depuis le 10. Pendant une semaine, personne n'a relevé l'absence d'Irme Mayer. Ni les élèves, ni les professeurs. Irme
965 _ Mayer n'était plus là, c'était tout. On n'en parlait même pas.

J'étais d'humeur noire et désespérée contre moi-même. Je me détestais. Irme habitait assez loin de chez nous. J'ai pris le tram. En chemin, je n'ai cessé de me demander : «Mais pourquoi est-ce que je fais cela? Que va-t-elle penser? Que je suis poussée par une curiosité
970 _ malsaine?» Je me rappelle, 18, Brückstrasse. Une jolie rue, avec des marronniers. Le trottoir était jonché de marrons bruns et luisants. J'ai sonné. C'est Irme qui m'a ouvert et elle a eu l'air si heureuse de me voir que toutes mes questions se sont envolées d'un coup. Un tas de malles et de valises encombraient l'entrée. Elle terminait
975 _ d'habiller ses petits frères. Nous n'étions pas spécialement amies, mais elle m'a embrassée avec chaleur et j'ai su que j'avais eu raison de venir. Elle n'avait pas l'air surprise, seulement contente. Je me suis dit que c'était elle qui me faisait ce cadeau, de me traiter en amie, d'être heureuse, et j'ai eu honte de n'être pas venue plus tôt.
980 _ Le temps d'un éclair, j'ai cherché une excuse. Et puis, j'ai croisé le regard d'Irme, et j'ai compris que la seule chose qui comptait, c'était que je sois là, maintenant, tout de suite, avec les malles et les deux petits et sa mère qui l'appelait de la cuisine :

– Irme! Irme! As-tu fini d'habiller les jumeaux? Il faut faire vite!
Dépêche-toi! _985

Irme a répondu joyeusement :

– Maman, nous avons de la visite!

– Qui donc?

La voix paraissait inquiète. La mère d'Irme est arrivée en s'essuyant les mains dans son tablier et Irme m'a présentée : _990

– Une camarade de classe qui s'inquiétait de ne pas me voir…

– Merci d'être venue… C'est très… très gentil à vous. Comme
vous voyez, nous sommes sur le départ. Un peu pressées. Mon
mari va revenir d'une minute à l'autre, avec une voiture pour nous
conduire à la gare. Je suis désolée de n'avoir pas le temps… et rien _995
à vous offrir. C'est si gentil, merci… Merci. Vous n'êtes pas nombreux… En fait, vous êtes la seule amie d'Irme qui soit venue.

J'étais venue. Je n'étais même pas sa meilleure amie. Sa meilleure
amie, je la connaissais. Elle n'était pas là. Je me suis sentie fière d'y
être, moi, aux côtés de cette famille qui devait s'exiler dans l'ur- _1000
gence et la menace. J'ai pensé que je raconterais tout cela à Sophie.

Nous sommes bizarrement faits, les humains. C'est ce que dit
toujours Sophie. Il y a en nous le bien et le mal. Ils font plus ou
moins bon ménage, mais ils vivent ensemble, en nous. C'était vraiment cela. J'étais venue, me semblait-il, pour regagner les faveurs _1005
de mon amie Sophie, et je découvrais que le modeste bonheur pro-
digué par cette visite à Irme était bien réel, bien au-dessus de tout
ce petit calcul.

Sa mère est sortie et Irme m'a dit :

– Je ne m'attendais pas à te voir, tu es la seule… Nous partons _1010
tout à l'heure. Mon père a de la famille en Angleterre. Nous allons
tenter de passer la frontière, maman, moi et les petits. Papa nous
rejoindra dans quelques jours, le temps d'arranger ses affaires.

1015 _ Je lui ai donné mon cadeau, un livre de Jack London et un paquet de bonbons.

En partant, elle m'a embrassée en me disant :

– Je ne reviendrai certainement pas. Je ne te dis donc pas au revoir.

Quelques mois plus tard, mon frère Thomas est revenu complètement choqué d'une soirée entre jeunes de l'université. Après un
1020 _ banquet d'étudiants, au dessert, tout le monde avait bu, chanté, l'atmosphère était à la fête, à la camaraderie et aux confidences. L'un
des étudiants avait dit :

– Pour moi, cette question des Juifs pose un problème : on ne peut
quand même pas exclure toute une partie de la population !

1025 _ L'organisateur de la soirée l'a aussitôt interrompu, a vociféré que
Hitler savait ce qu'il faisait, que les Juifs étaient une gangrène[1] qui
pourrissait la société allemande, qu'il fallait savoir être fort dans les
situations d'urgence nationale, accepter ce qui nous paraissait dur
et incompréhensible. S'en est suivie une discussion animée entre les
1030 _ étudiants et les professeurs présents, au cours de laquelle Thomas a
appris que le docteur Mayer, le père d'Irme, avait été arrêté chez lui
le 21 novembre et envoyé dans un camp de concentration. Deux
jours après le départ de sa famille. Il n'a jamais rejoint les siens en
Angleterre !

1035 _ Thomas a quitté ce groupe de camarades. Quelque temps plus tard,
il a aussi quitté la maison, qui est devenue triste et vide. Je la désertais
chaque fois que je le pouvais. Thomas a trouvé à se loger en ville. Il
m'a beaucoup manqué.

Cette année-là, je me suis mise à voir beaucoup les Scholl, Sophie,

---

1. Maladie infectieuse, ici au sens figuré.

Hans et toute la famille. Ils étaient tout ce que j'aurais aimé avoir et _ 1040
que je n'avais pas chez moi. La chaleur, la complicité, la tendresse,
les rires, les idées partagées. Quand je rentrais à la maison, tout me
paraissait terne, sans vie. Laid le papier à fleurs jaune et brun sur les
murs de notre salle à manger, désespérante l'absence de rayonnages
garnis de livres. L'entrée dans la famille Scholl, cela a été aussi l'entrée _ 1045
dans le monde des livres.

Les livres. D'abord une odeur, enivrante. Je humais avec délices le
parfum de la cire, du bois, du cuir, du papier, un peu de moisi, un
peu de sous-bois, lorsque Sophie me faisait pénétrer dans l'antre de
son père, le bureau. Il n'y avait là aucun caractère sacré et c'était ce _ 1050
que j'aimais. La bibliothèque, c'était simplement une manière de
vivre. Une pièce où l'on était au calme pour se dire des choses que
l'on n'aurait pas dites ailleurs. Malgré les splendides parois lambris-
sées de bois sombre, sculptées aux angles jusqu'au plafond, la pièce
n'avait rien de solennel. Un petit bureau à tiroirs sur lequel étaient _ 1055
posés un merveilleux pot à stylos de différentes tailles, un gros encrier
et une machine à écrire de marque Remington. Deux vastes fauteuils
en cuir et un siège d'église paillé, bas, complétaient le mobilier, à
la fois austère et chaleureux. Nous nous y retrouvions souvent, le
bureau était d'abord un lieu d'échanges et d'idées. Toutes choses _ 1060
inexistantes chez moi.

Je me suis prise de passion pour la famille Scholl, puis pour tout ce
qui touchait aux Scholl de près ou de loin. Les parents, les frères et
sœurs, Inge, la sœur aînée, Werner, le «petit» frère, les amis proches,
la maison, le quartier, les fleurs qu'aimait Mme Scholl et dont elle _ 1065
transmettait les secrets à Sophie, le seringa dont elle me faisait
découvrir le nom en même temps que le parfum enivrant. Jusqu'à
la nourriture qui me paraissait plus simple et plus chaleureusement
«mitonnée» que chez nous. Parfois, elle m'invitait à rester le soir et

1070 _ à partager le repas. Parfois aussi, il n'y avait pas grand-chose et je la regardais préparer ce qu'elle appelait un «mate-faim» : elle mettait ce qui lui tombait sous la main, une poignée de farine, un ou deux œufs, du lait s'il en restait, là-dedans on rajoutait ce que l'on avait, lardons, pain rassis, fanes d'oignon, orties du jardin. Je tressaillais de
1075 _ joie quand, sans y penser, la mère de Sophie m'appelait «ma chérie». Elle me tendait un plat :

– Tiens, ma chérie, apporte donc cela sur la table.

J'étais heureuse, je me sentais bien.

Un bonheur suivait un malheur. Rolf avait disparu. La vie était
1080 _ pourtant devenue intense. J'avais de nouveaux amis merveilleux.

Il y avait eu cet été miraculeux avec Léo. Cet été qui n'avait jamais cessé, qui s'étirait à travers l'hiver, le froid, la disparition. Quand je pensais à Léo, c'était encore l'été.

Au printemps 1941, Sophie et moi avons dû faire nos six mois de
1085 _ «Service de travail». J'allais enfin pouvoir quitter la maison.

Léo était parti en France, plus rien ne me retenait. C'était une manière de supporter son absence. Et puis, ces six mois, Sophie et moi allions les effectuer ensemble. Thomas a quitté Ulm pour suivre ses études de pharmacie à Munich. Nous sommes parties pour le
1090 _ camp de Krauchenwies, à côté de Sigmaringen.

C'est vraiment là que nous nous sommes senties soudées pour la vie. Ce Service de travail obligatoire, une véritable hypocrisie : les jeunes Allemands sont «invités» à défricher, à construire, à fabriquer pour le bien du pays. Heureusement, Sophie et moi avions en charge
1095 _ des enfants, ce qui nous évitait de passer trop de temps avec des gens qui ne pensaient pas comme nous.

Léo m'écrivait de France. Dans l'absence, je l'aimais encore davantage si c'était possible. Nous étions deux amoureux séparés par une

tourmente. À Paris, Léo disait que pour un Juif, la vie était moins
terrible que chez nous. Au début, ses lettres étaient pleines d'une _ 1100
joie enfantine. J'y sentais le bonheur d'avoir échappé à l'oppression.
Toute cette année 1941 s'est écoulée ainsi. J'étais confiante. Léo voulait que je le rejoigne. Ma seule confidente était Sophie. Nous parlions interminablement de Léo. Elle m'assurait que quand la guerre
serait terminée, je le retrouverais. Je la croyais. _ 1105

Nous sommes sorties du camp au début du mois d'avril 1942. Dans
un mois, Sophie aurait vingt et un ans et elle voulait absolument fêter
son anniversaire à Munich où elle s'apprêtait à rentrer à l'université.
Nous étions heureuses, toutes les deux! J'avais décidé d'aller avec
elle à Munich pour prendre des cours de dactylo[1]. Mon père m'avait _ 1110
donné l'adresse d'une ses connaissances dont la famille possédait
une chambre à louer.

Je la revois encore, le jour de notre départ, à la gare d'Ulm, ma
Sophie… Elle avait piqué une marguerite jaune dans ses cheveux
bruns, magnifiques, qui lui tombaient sur les épaules. Elle avait mis _ 1115
sa robe rouge qui lui allait si bien. Ses yeux noirs brillaient de joie.
Nous prenions le train pour Munich!

Nous allions retrouver nos frères!

Dans le train, Sophie était si gaie qu'elle s'est mise à chanter à tue-
tête! C'était tellement inattendu, j'ai été prise de fou rire. Les gens _ 1120
regardaient, interloqués, puis souriaient. Je ne sais plus quelle était
la chanson, mais elle n'a pas pu terminer, prise elle aussi par le fou
rire. Un instant plus tard, tout le compartiment était gagné par notre
gaieté. Tout à coup, Sophie s'est levée :

– Allons, qui est-ce qui veut chanter avec moi? _ 1125

Plusieurs mains se sont levées et c'est un wagon chantant et

---

1. Technique de saisie d'un texte sur un clavier de machine à écrire.

enchanté qui est arrivé en gare de Munich. Je dois dire que nous avons fait notre petit effet parmi la foule qui attendait sur le quai !

1130 — Cette soirée de retrouvailles, je la garderai toute ma vie dans ma mémoire. Les amis de Hans et de Thomas étaient là. Ils avaient débouché la bouteille apportée par nous, lu des poèmes, joué de la guitare et de la balalaïka[1]. Nous ne connaissions personne, mais nous nous sentions tous joyeux, libres et joyeux. La vraie vie commençait.

1135 — Les premiers temps, à Munich, nous étions simplement heureuses. Libérées et heureuses. La vie s'ouvrait devant nous. Sophie avait commencé l'université, moi mes cours de dactylo. Je recevais régulièrement des lettres de Léo.

Un jour, nous avons appris qu'en France, le gouvernement de 1140 — Pétain suivait les instructions antijuives de Hitler. La police française s'y mettait aussi. J'ai recommencé à avoir peur. Dans ses lettres, Léo me disait que, dès que j'aurais atteint ma majorité, je pourrais le rejoindre. Nous serions en mesure alors de nous marier et de vivre quelque part en France en attendant la fin de la 1145 — guerre. Nous avons fait des projets. Et puis, peu à peu, les lettres se sont assombries. Il ne racontait pas grand-chose de la vie là-bas, au cas où le courrier aurait été ouvert par la poste allemande. Mais je sentais planer la menace. Je n'avais pas vu Léo depuis plus de dix-huit mois, depuis cette radieuse fin de septembre 1939. Quand 1150 — je pensais à lui, cela semblait une éternité, et cela semblait hier.

Le temps a passé, il y a eu un nouvel été sans lui et puis un nouvel automne.

Dans ses lettres, il a commencé à parler de l'Amérique. Si je

---

1. Instrument de musique à cordes, d'origine russe. Quand il appartenait aux *Jugendschaft*, Hans en jouait avec ses camarades.

le rejoignais, nous partirions là-bas. C'était le pays de la liberté,
disait-il. Chacun vivait en paix, selon ce qu'il était, sans regard — 1155
haineux, sans discrimination. Il disait encore que, là-bas, les gens
souriaient dans la rue, s'asseyaient dans des squares au soleil et
buvaient du Coca-Cola. J'ai eu très envie de le rejoindre. Nous
étions au creux de l'hiver 1941. Là-bas, disait Léo, il n'y avait ni
haine ni hiver glacé. Seulement la liberté.   — 1160

Nous nous retrouvions souvent chez Hans, avec Thomas qui
bûchait sur ses cours de pharmacie. Il y avait aussi les amis étudiants en médecine de Hans, Alex, Christoph, Willi. Ils faisaient
tous, depuis le début de la guerre, des séjours comme médecins
auxiliaires sur les différents fronts. Chacun avait quelque chose à — 1165
rapporter de son expérience. Tous étaient convaincus de l'inutilité
de la guerre et de la façon criminelle et irresponsable dont elle
était menée. Tous avaient vu des choses terribles, révoltantes. Mais
le plus véhément était Willi, le seul à avoir vu de ses yeux, durant
l'hiver 1941-1942, les atrocités des *Einsatzgruppen*, les «groupes — 1170
d'intervention» chargés d'éliminer les Juifs d'Europe de l'Est. Il
avait vu les soldats allemands obliger des centaines de Juifs, hommes,
femmes, enfants, à creuser de gigantesques fosses, à y descendre et à
s'y coucher pour être fusillés dans le trou qu'ils venaient de creuser.
Il avait vu tout cela. Un soir, il nous l'a raconté. Nous étions soulevés — 1175
d'horreur.

J'ai si froid, aujourd'hui.
Je ne sais pas si Léo est parti en Amérique. J'ai beaucoup pleuré
quand j'ai cessé de recevoir des lettres. La dernière date de mai 1942.
Il y a une grande détresse. Je la garde sur moi, près de mon cœur. — 1180
Une lettre si poignante, si serrée d'angoisse qu'il n'y a presque plus

de place pour les mots d'amour. Seulement ceux du désespoir. Il dit que les rafles se multiplient à Paris, que les Juifs étrangers sont très menacés, qu'il doit partir, qu'on lui a parlé de «quelqu'un». Sophie
1185 _ m'a dit que ce devait être certainement un passeur, susceptible de l'emmener en zone libre. Une lettre courte dans laquelle, «quoi qu'il arrive», il me supplie de continuer à l'aimer. Et puis plus rien.

Depuis, on a appris qu'il y avait eu une énorme rafle à Paris. Des dizaines de milliers de Juifs ont été arrêtés, enfermés dans un gym-
1190 _ nase pendant des jours et des jours puis déportés dans des camps. Je n'ai plus aucune nouvelle.

Vendredi 19 février. Encore et toujours.

Je tourne en rond. Je ferme mon cahier. Je regarde Thomas dormir. Je ne le réveille pas. Je retourne à ma table. Je rouvre mon cahier. Je voudrais tout dire, tout écrire, le temps est compté.

Je voudrais que mon frère reste avec moi, que nous retournions _ 1195 dix ans en arrière, quand les nuages noirs n'étaient pas encore au-dessus de nos têtes, quand nous étions enfants, que nous dormions dans la même chambre, que nous faisions des cabanes dans le vieux frêne du jardin et que le ciel était bleu. Quand personne n'avait disparu. Quand l'avenir m'était inconnu et que Léo était _ 1200 encore à venir.

Je voudrais retourner au temps de l'insouciance, quand nous nous étourdissions de l'odeur du lilas, quand la vie paraissait immobile de douceur, et éternelle. Thomas dort et, si je le réveille, il va partir. J'attends que le jour se lève. _ 1205

Je sais bien que si quelqu'un tombe sur ces lignes, je serai, moi aussi, mise en prison. Aujourd'hui que Sophie est en danger de mort, cela m'est égal. Il me semble que ce sentiment-là est plus puissant que la peur qui nous a étreints pendant toutes ces années. Sophie est en prison. Je voudrais avoir la force de tout dire. _ 1210

Dès les premiers temps, à Munich, pendant la journée, quand mes cours de dactylo me laissaient du temps, j'en passais le plus clair avec Sophie et avec un autre de ses amis, Wilfried, qui était étudiant en

philosophie avec elle et suivait les cours du professeur Kurt Huber[1].
1215 _ Sophie et Wilfried me parlaient avec enthousiasme de leur professeur, de leurs lectures, de leurs rencontres et j'étais, encore une fois,
comme au temps de Rolf, vaguement jalouse. Dans mon cours de
dactylo, je n'avais fait aucune rencontre et je ne me sentais d'atome
crochu avec aucune des personnes qui suivaient ce cours avec moi.

1220 _ Un jour, il y a un an environ, Sophie est arrivée chez moi
impromptu, accompagnée de Wilfried. Elle était tout excitée.

– Il se passe quelque chose d'incroyable à l'uni… Des tracts cir-
culent !

Elle en a sorti un de son sac. «Regardez !» Elle l'a lu à haute voix :
1225 _ – «Il n'est rien de plus indigne d'un peuple civilisé que de se laisser,
sans résistance, régir par l'obscur bon plaisir d'une bande de des-
potes[2]…» C'est exactement ce que je pense. Quelqu'un a donc osé !

Et puis elle a continué. Le tract disait : «Où que vous soyez, orga-
nisez une résistance passive. Faites-le avant qu'il ne soit trop tard !»

1230 _ Wilfried lui a pris le tract pour continuer à le lire. Pendant que
Wilfried lisait, j'ai vu le visage de Sophie s'assombrir.

– Je pense à quelque chose… Mais, non, c'est impossible !

– Tu penses à quoi ?

– Ce texte est exactement ce que m'a dit Hans l'autre jour… Je me
1235 _ demande tout à coup…

Elle fronçait les sourcils, réfléchissait intensément, puis secoua la
tête en faisant une moue que je ne parvenais pas à déchiffrer. Je revins
à la charge :

– Tu te demandes quoi ?… S'il n'est pas l'auteur des tracts ?

1240 _ – … Oui…

---

1. Kurt Huber (1893-1943), professeur de philosophie et membre de la Rose blanche. Il fait partie de la
deuxième vague d'arrestations. Il est guillotiné le 13 juin 1943 en même temps qu'Alexander Schmorell.
2. Tyrans.

Sophie nous a laissés brusquement. Elle a filé chez Hans qui n'était pas là. Elle l'a attendu plus d'une heure, n'a pu se retenir d'ouvrir le tiroir de son petit bureau. Et là, elle est tombée sur des liasses de timbres. Le doute n'était plus permis. Elle m'a avoué par la suite qu'alors, elle avait été prise d'une panique terrible. Peur pour lui, _ 1245 pour les risques que, elle en était sûre, il prenait. C'était lui, cela ne pouvait être quelqu'un d'autre. Et puis Hans est arrivé.

– Sophie! Qu'est-ce que tu fais là?

– Sais-tu d'où vient ce tract?

Il a souri.   _ 1250

– Bien vu, Sherlock Holmes!

Et, plus sérieusement :

– Petite sœur, c'est l'occasion de te dire une chose essentielle. Essentielle, tu comprends?

Sophie a hoché la tête d'un air grave. Il a poursuivi :   _ 1255

– Aujourd'hui, on doit savoir se taire pour ne mettre personne en danger.

– Écoute, Hans, le seul fait que je l'aie découvert prouve qu'un homme tout seul ne peut entreprendre une telle chose. Et d'ailleurs… D'ailleurs désormais, tu n'es plus seul.   _ 1260

Seul, il ne l'était déjà plus, puisque ce tout premier tract avait été rédigé avec son ami Alex. Les trois suivants l'ont été avec la participation active de Sophie.

À la mi-juillet 1942, Alex, Hans, Thomas et un autre ami, Hubert, ont dû repartir sur le front de l'Est. Sophie et moi, nous nous sommes _ 1265 senties un peu abandonnées. Nous avons décidé de retourner à Ulm pour les vacances.

Quelques jours après notre retour, on a appris qu'un cousin de Sophie, Ernst, qu'elle aimait tendrement, avait été tué sur le front

1270 _ russe. Ce jour-là, nous étions chez elle, dans sa cuisine. En écrasant une larme d'un geste rageur, Sophie a dit à haute voix, devant moi, son frère Werner et sa sœur :

– Cette fois, c'est trop. Il faut faire quelque chose. Je vengerai cette mort.

1275 _ Je repense aujourd'hui au ton de sa voix. Je croyais la connaître, je n'avais jamais entendu ce ton-là.

L'été s'étirait. La nature était magnifique, les jardins encore luxuriants, pleins de dahlias couleur de flammes. Mais le soleil ardent de ce début d'automne brillait d'une lourde tristesse.

1280 _ En ce mois de septembre 1942, nous passions beaucoup de temps ensemble. Nous étions un peu désemparées sans nos frères et attendions avec impatience leur retour.

Un matin, Sophie est arrivée bouleversée à la maison. De dehors, elle m'a fait signe qu'elle ne voulait pas rentrer. Même de loin, je

1285 _ voyais son visage ravagé. Une belle journée chaude s'annonçait. Nous nous sommes assises sur un banc. Elle a simplement mis sa tête sur mon épaule et pris ma main. Ses larmes coulaient sans bruit, mouillaient son col, son chemisier. Elle me serrait la main de toutes ses forces, sans pouvoir articuler un son. Finalement, elle

1290 _ a murmuré :

– Elisa, on ne peut pas… On n'a pas le droit de laisser faire.

– Quoi, Sophie ? Que s'est-il passé ?

Elle a articulé, doucement, mécaniquement, comme si elle récitait un texte :

1295 _ – Une des sœurs diaconesses de Schwäbisch Hall est venue chez nous ce matin. Tu sais qu'elles s'occupent d'enfants handicapés mentaux… Eh bien, *ils* sont venus chercher les enfants, les ont entassés dans de grands camions noirs…

Elle s'est tue. Les larmes continuaient à couler.

– Où les ont-ils emmenés ?   _ 1300

– Dans des chambres à gaz…

Comme je ne disais rien, que je semblais ne pas comprendre, elle a ajouté :

– Ils les ont… supprimés… On a des informations… Mon père, on sait… Les chambres à gaz…   _ 1305

Elle n'a pas pu continuer, les pleurs l'étouffaient. Moi, je restais sans voix. Je le savais, nous le savions, que les nazis voulaient exterminer les malades mentaux. Mais là, là… c'étaient des enfants, nos petits voisins, nous les connaissions, nous les voyions souvent passer, avec les gentilles sœurs, jouer derrière les grilles du parc, _ 1310 faire de la balançoire, glisser maladroitement sur les toboggans. C'était… C'était trop.

Sophie s'est ressaisie, a sorti son mouchoir, s'est essuyé les yeux.

– Les moins handicapés ne sont pas partis. Enfin, pas encore… Ils ont demandé aux sœurs où allaient leurs petits camarades. Elles ne _ 1315 savaient que répondre… Que dire ? Que dire ? Elles ont répondu : «Au ciel.» Tu… Tu penses que les enfants les ont crues ?

– Je ne sais pas… Je ne sais pas…

On s'est tues. Il n'y avait rien à ajouter. Sophie a seulement dit qu'après le temps de la douleur, il nous appartenait de trouver celui _ 1320 de la colère. Que ça, c'était notre rôle. En partant, ses larmes avaient complètement séché. Elle a encore dit :

– Notre rôle et notre devoir.

Vendredi 19 février 1943. 11 heures du matin.

Thomas vient de partir. Il s'est réveillé juste avant 10 heures. Il a
1325 _ bondi hors du lit et mon cœur a bondi aussi. De joie, comme
quand nous étions petits. Mon frère chéri… Pendant quelques
minutes, les fantômes de la nuit se sont évanouis. J'ai posé ma tête
contre son épaule. Et puis j'ai pleuré, toute la tension accumulée
durant la nuit s'est lâchée dans les bras de mon frère.

1330 _ Un jour sinistre s'est levé, poussivement, vraiment à grand-peine,
dirait-on. Une bruine neigeuse tombe sur le pavé boueux entraperçu
derrière mon rideau. Ce dehors me serre le cœur. J'ai l'impression
que je n'ai pas le droit de le regarder, alors que Sophie et Hans sont
enfermés dans un affreux cachot. Thomas m'a dit de me secouer. Le
1335 _ sommeil l'avait remis d'aplomb. Il m'a regardée dans les yeux.

– Petite sœur, cette nuit, tu m'as dit que tu voulais une mission…
n'est-ce pas ?

J'ai opiné de la tête et murmuré :

– Oui, oui…

1340 _ – Il faut prévenir les parents de Sophie et de Hans. Ta propriétaire
a le téléphone…

Je dois aller téléphoner. Avant de me quitter, Thomas a sorti
de sous le lit la petite valise qu'il a apportée cette nuit. Dedans se
trouvent quelques effets de l'ami peintre, Rudy, chez qui les cama-
1345 _ rades de la Rose blanche se réunissaient depuis l'automne dernier.
Hier soir, ils ont vidé l'atelier et l'ont fermé à clef. Mais il est certain

que les hommes de la Gestapo rôdent dans les parages. Thomas m'a
donc confié cette valise.

– Tu es la moins mouillée de nous tous. Si Rudy revient, tu seras
prévenue, tu lui remettras sa valise en main propre et tu lui diras de ⎯ 1350
quitter aussitôt la ville.

Voilà. Deux missions qui m'incombent. J'en suis à la fois fière et
inquiète. Je pense à ce que Sophie me disait un jour : « Compter
parmi nos amis implique forcément une responsabilité. Tôt ou tard,
tu t'en rendras compte. » Fierté. Et tristesse en même temps : ces ⎯ 1355
missions, elles arrivent alors qu'il est trop tard.

Thomas ne quitte la ville que ce soir.

– Encore quelques problèmes à régler.

Il ne me dit pas lesquels. J'ai hâte de le savoir loin d'ici, en sécurité.
J'ai tellement peur qu'il soit pris, lui aussi !   ⎯ 1360

Dehors, la neige tombe toujours, mais les flocons semblent plus
légers, il aura sans doute cessé de neiger en fin de matinée. Je vais
attendre, en général, ma propriétaire descend faire ses courses à ce
moment-là. Elle me permet d'utiliser son téléphone de temps en
temps. Connaissant les opinions de mes parents, elle me croit une ⎯ 1365
bonne petite Allemande qui a de bonnes fréquentations. Elle a une
totale confiance en moi et je sais où elle cache sa clef. J'espère qu'elle
ne sera pas là… Autrement, il faudra être prudente, parler bas. Je vais
guetter les bruits, je reconnais son pas lourd dans l'escalier. Je n'ai
besoin que de dix petites minutes !   ⎯ 1370

Que vais-je dire aux parents de Sophie ? Ce que je sais : c'est-à-dire
pas grand-chose. Ils ont été arrêtés en déposant des tracts devant les
salles de cours de l'université, hier matin, très tôt. Ils sont à la prison de la Gestapo, en train d'être interrogés. Christl Probst est aussi
arrêté. Il a une femme et deux petits, et sa femme est enceinte d'un ⎯ 1375
troisième. Je pense à elle, Herta, je ne la connais pas bien, mais je l'ai

vue lors de la petite soirée de Noël que les camarades ont organisée, il y a deux mois.

Noël 1942… C'était au local, tout près de chez Sophie et Hans. 1380 _ Rudy, l'ami qui prêtait son atelier, était là en permission.

Ce soir-là, Sophie avait fait un gâteau. Je ne sais pas comment elle s'en était procuré, mais c'était du vrai chocolat et il était fameux ! Tous les camarades étaient là, et aussi deux « intruses », les seules, sans doute, à être au courant de ce qui se passait sans y participer : 1385 _ Herta, la femme de Christl, et moi. Le professeur Huber s'était joint à nous, il avait apporté une bouteille de vin blanc pétillant. Nous nous sommes tous embrassés. La lune était ronde, les étoiles scintillaient dans le ciel clair et glacé. Alex a proposé de mettre la bouteille au frais dans l'Isar qui traversait le jardin. Les garçons l'ont attachée par une 1390 _ ficelle et lancée dans l'eau froide. Alex avait apporté sa balalaïka et a chanté, Hans a joué de la guitare et Thomas a sifflé entre ses doigts, sa grande spécialité. Nous avons trinqué à la liberté et à l'enfant à naître de Christl. Il y a eu ce moment de magie, cette nuit de Noël où, l'espace d'un court moment, quelques heures volées, l'avenir a 1395 _ été de nouveau possible.

Je sais à quel point leur peine à tous était profonde de savoir qu'ils ne pouvaient partager leur enthousiasme avec personne. Sauf ceux qui étaient totalement engagés à leurs côtés. Comme me l'avait dit Sophie, le simple fait d'être au courant d'une pareille entreprise était 1400 _ un risque.

Seule, moi, je savais. Je ne savais pas tout. Mais davantage que les propres parents de Sophie. Je pense à Robert Scholl, cet homme si doux, raffiné, à l'esprit éclairé. Je le revois tel que je l'ai aperçu pour la dernière fois chez eux, un dimanche d'avant-guerre, si élégant :

pantalon moutarde, chemise blanche, gilet à losanges, chaussures _ 1405
en daim. Robert Scholl qui a fait deux mois de prison à cause de ses
opinions antinazies. Dans une heure, je lui annoncerai au téléphone
que ses enfants sont entre les mains de la Gestapo…

J'ai dit plus haut dans ce cahier que je connaissais la peur depuis
mes quatorze ans. Je parlais alors de ce brouillard empoisonné, diffus, _ 1410
qui enveloppait le monde. Mais la vraie terreur, je me souviens très
bien du jour où je l'ai éprouvée pour la première fois.

C'était un an auparavant.

Ce soir-là, je suis avec Dolly, ma petite sœur, dans une cachette que
nous avons sous l'escalier. Nous nous y blottissons parfois pour lire, _ 1415
le soir, avec notre lampe torche. Mes parents nous croient endormies.
J'apporte les *Voyages de Gulliver*, de Swift, ma sœur se cale contre moi
et c'est la grande paix, serrées l'une contre l'autre dans la nuit de la
penderie, avec pour seule lumière celle qui me permet de voyager
avec Gulliver ou avec les enfants du capitaine Grant. _ 1420

Ce soir d'hiver, à travers la paroi, j'entends s'élever la voix de
mes parents et celle de mon oncle Rolf. Mon père dit à Rolf qu'il
doit apprendre à se taire, que maintenant, «tout le monde est
au courant», que les gens se retournent dans la rue, que tout le
monde «connaît la situation de la famille» et que, à cause de lui, _ 1425
nous subissons les regards soupçonneux des commerçants. Bref,
qu'il doit trouver à se loger ailleurs que chez nous.

Ma mère prend la défense de Rolf, dit que jamais elle ne mettra
son frère dehors, mon père l'accuse de vouloir mettre sa famille en
danger. Ma mère prend tout à coup une voix suppliante pour dire _ 1430
à son frère :

– Rolf, il y aurait une solution : inscris-toi au parti !

Rolf a éclaté d'un rire que je ne lui avais jamais entendu, un rire,

comment dire, méchant, oui, méchant, c'est ce que j'ai ressenti
1435 _ alors. Il a dit :

– Plutôt mourir !

Ce «Plutôt mourir !» de mon oncle a été comme la foudre. Il m'a traversée de part en part. De Rolf, je croyais tout. J'avais en lui une confiance totale. Si Rolf disait qu'il fallait plutôt mourir
1440 _ que rentrer au parti, comment mon père pouvait-il, lui, y être, dans ce parti si dangereux ?

J'ai perdu confiance en mon père, j'ai trouvé ma mère lâche, j'ai admiré follement mon oncle qui disait : «Plutôt mourir !» Mais j'ai compris qu'aujourd'hui même, on pouvait mourir. Que nous
1445 _ étions tous menacés. Les grands, les lâches, les courageux et même nous, les enfants.

Rolf a ajouté :

– Et franchement, quitter cette maison de pleutres[1], ce n'est pas mourir !
1450 _ Mon père a crié :

– Tout de suite, alors !

Rolf a fait sa valise en quelques instants, il est parti sans nous dire au revoir. Ce soir-là, j'ai senti comme un effondrement tout au fond de moi. Je ne savais pas très bien de quoi j'avais le plus
1455 _ peur : la dispute de mes parents, la rupture avec Rolf, les événements auxquels il avait été fait allusion, ou «Plutôt mourir !». Tout était mêlé.

Ce tout premier départ de Rolf, ça a été la porte claquée violemment, les larmes de maman, le silence de mon père et l'ombre
1460 _ qui s'est abattue sur notre maison. J'ai pris ma sœur par la main, nous sommes allées nous coucher sur la pointe des pieds. Sous

---

1. Lâches. Voir *Les mots ont une histoire*, p. 111.

mes draps, j'ai pleuré jusqu'à l'épuisement. Je savais que plus rien ne serait comme avant.

Au matin, il n'y avait pas le bol de Rolf sur la toile cirée.

Rolf est revenu six mois plus tard. J'étais si heureuse que je n'ai _1465 pas cherché à savoir où il était allé durant ces six mois. Un soir, j'ai simplement entendu mon père dire à ma mère :

– Ce n'est pas un mal que cette femme ait disparu de sa vie. Une Juive !

J'ai compris que, si Rolf était revenu, c'était parce qu'il n'avait _1470 pas d'autre endroit où loger. Et qu'il ne resterait pas longtemps à la maison. Pourtant, la vie a repris son cours. La maison était grande, Rolf avait sa chambre dans la petite aile du fond. Un peu plus tard, quand il a été renvoyé de l'université, il y recevait ses élèves.

Il parlait peu avec mes parents, était poli aux repas, faisait moins _1475 de blagues qu'avant. On voyait bien qu'il faisait attention à ce qu'il disait. Je sentais qu'il se méfiait de mon père et cela me mettait mal à l'aise. Il s'enfermait dans sa chambre et se plongeait dans ses livres.

J'avais grandi et brûlais de savoir ce qui s'était passé, le mystère de sa vie, de ces six mois. _1480

Qu'avait-il fait ? Qui était cette Juive ? Je n'osais pas lui poser de questions. Il restait très silencieux. Un jour, comme s'il lisait dans mes pensées, il m'a seulement dit :

– Nous vivons une époque où il faut être soit très lâche et faire semblant de ne rien voir, soit très courageux et prendre beaucoup _1485 de risques. Tu as en face de toi un homme malheureux, qui ne peut plus depuis longtemps faire semblant de ne rien voir et qui n'a pas encore pris le risque ultime : celui de se battre. Mais je n'en suis pas loin. Ce jour-là, je partirai et il faudra que tu saches que ce n'est pas pour fuir… _1490

Ces paroles sonnaient étrangement. J'ai dit :

– Rolf, pourquoi es-tu revenu…? Je veux dire, tu avais une amie…?

J'ai aussitôt regretté mes paroles. Ses yeux se sont embués, il m'a
1495 _ répondu d'une voix rauque :

– Oui, j'avais une amie…

C'est tout. J'ai appris plus tard que l'amie avait, du jour au lende-main, dû quitter la ville avec ses vieux parents.

Ce jour-là, dans son petit bureau, Rolf m'a longuement parlé des
1500 _ lois de Nuremberg contre les Juifs. Il a terminé en disant :

– Ton Léo a bien fait de se cacher…

Nous n'en avions jamais parlé. Il était donc au courant. J'ai voulu dire quelque chose, mais il m'a arrêtée.

– N'en parlons pas. C'est la meilleure façon de le protéger…
1505 _ Allez, va… J'ai du travail…

C'est à ce moment-là que j'ai vraiment regardé autour de moi. À cause de Rolf. Ensuite, j'ai continué. À cause de Sophie et à cause de Léo.

11 h 30. J'entends toujours ma logeuse marcher au-dessus de ma
1510 _ tête. Qu'elle est longue à se mettre en route! Il me semble que cette matinée ne va jamais finir! Je pense à Thomas. Où est-il allé? Il n'a pas voulu me le dire. Nous ne devons rien savoir les uns des autres. C'est la consigne, au cas où l'un d'entre nous serait arrêté. Il m'a promis de me tenir informée et m'a fait promettre, à moi, de quitter
1515 _ la ville dès que possible, si jamais on ne se revoyait pas.

Il faut que je sois forte.

La neige a cessé de tomber. Elle commence à fondre sur les trot-toirs. J'entends descendre dans l'escalier… Il me semble que c'est le pas lourd de ma logeuse. Je vais entrouvrir ma porte pour m'en

assurer… C'est bien elle. Elle va faire ses courses. J'ai une petite _ 1520
heure devant moi. Une petite heure pour calmer les battements de
mon cœur et m'acquitter de la première de mes missions. Téléphoner aux parents de Sophie et Hans.

Samedi 20 février 1943

1525 _ L'obscurité se dissipe lentement. Deuxième nuit sans sommeil, il me semble. J'ai quand même dû dormir un peu puisque j'ai rêvé de Sophie. Elle était avec moi, dans cette chambre, assise sur mon lit, souriante. Elle mettait sa main sur la mienne et me disait : « Maintenant, je dois y aller, on m'attend. » Et elle dispa-raissait d'un coup, comme happée par le noir de la porte ouverte

1530 _ sur l'escalier. Angoissant.

Je tremble, mais ce n'est pas de froid. Mon poêle ronfle, ma chambre est chauffée à nouveau. Ce n'est pas de peur non plus. Il me semble que depuis cette nuit, je n'ai plus peur. Depuis que j'ai parlé aux parents de Sophie et de Hans.

1535 _ C'est sa mère qui a répondu. J'ai dit :

– Il est arrivé quelque chose…

Elle a tout de suite coupé :

– Ils ont été arrêtés, n'est-ce pas ?

– Oui.

1540 _ Je ne savais plus quoi ajouter. Il y a eu un long silence et puis un bruit. Le père de Sophie a repris le combiné.

– Elisa ? Que sais-tu, exactement ?

J'ai dit que je ne savais rien, rien, qu'ils devaient venir ici, à Munich, vite. Ma voix s'est étranglée. Il a dû l'entendre, car il

1545 _ m'a dit :

– Nous venons. Nous te ferons savoir quand nous arrivons. Je

t'embrasse, Elisa, nous t'embrassons... Nous devons être courageux... tous.

Et il a dit encore : «Nous t'embrassons», avant de raccrocher.

J'ai entendu le déclic sec du combiné. Et je suis remontée dans ma _ 1550
chambre en me mordant les lèvres pour ne pas pleurer. Je n'ai plus
le droit de pleurer.

Pourtant, je tremble.

Parce que je n'ai pas assez dormi, parce que le dehors est gris et
glacé et l'avenir noir. Mais aussi parce que, depuis cette conversation _ 1555
téléphonique avec les parents de Sophie, je n'ai plus le droit d'être
lâche. Il me semble que me sont interdits à tout jamais les petites
hypocrisies, les petits mensonges. Il me semble que je deviens une
autre. Un saut dans l'inconnu qui me donne le vertige.

Rudy, l'ami peintre de Hans et d'Alex, est revenu hier matin du _ 1560
front. Il n'était au courant de rien. Heureusement, il a été cueilli dès sa
descente du train par Wilfried, qui l'a empêché de retourner à l'atelier
et l'a accompagné jusqu'en bas de chez moi. Wilfried a sifflé deux fois,
une longue, une brève, comme convenu. J'ai écarté mon rideau, j'ai vu
par la fenêtre qu'il désignait du menton le banc où Rudy m'attendait. _ 1565
J'ai senti qu'il aurait aimé rester un peu, juste une minute, attendre
que je descende. J'ai fait exprès de traîner les quelques minutes au-delà
desquelles je savais qu'il devait être parti. Pauvre Wilfried, je suis
bien méchante ! Ma logeuse étant d'un naturel méfiant, je ne voulais
surtout pas qu'elle trouve quelqu'un dans ma chambre. _ 1570

Je n'avais vu Rudy qu'une seule fois, ce fameux soir de Noël, mais
je l'ai reconnu tout de suite malgré sa barbe, grand et fort, assis sur le
banc, près du kiosque à journaux. Je lui ai donné sa valise. Contraire-
ment à mon frère qui n'a cessé, jusqu'à son départ, de me remonter
le moral, de se montrer optimiste, Rudy est sombre et totalement _ 1575

pessimiste. Il m'a parlé de cet horrible front de l'Est, des horreurs qu'il y a vues. Nous sommes restés à peine une demi-heure ensemble, il reprenait le train à 16 h 40. Avant que la police n'apprenne qu'il se trouvait en ville. En partant, il m'a dit :

1580 _ – Elisa, il faut s'attendre à tout. Leur cas est très grave. Les nazis vont vouloir faire un exemple, c'est sûr. Sophie, Hans et Christl seront sans aucun doute condamnés… au pire. Il a répété :

– … le pire…

Et c'était comme s'il se parlait à lui-même. Il ne me voyait plus.

1585 _ Sa bouche tremblait légèrement, sa voix était blanche, sans timbre.

Le pire. La foudre a traversé ma tête. Je me suis écroulée en sanglots contre lui que je ne connaissais pas. Il a juste ajouté :

– Il vaut mieux s'y préparer…

Nous nous sommes étreints, comme des frère et sœur. Il est parti

1590 _ vers la gare, son large dos voûté, avec sa valise. Je suis remontée dans ma chambre.

Voilà. C'était hier soir. Ensuite, il y a eu la nuit. Peu de sommeil. Aujourd'hui est une nouvelle journée où Hans et Sophie sont encore là. Vivants, quelque part. Vivants. Je voudrais savoir prier mieux que

1595 _ je ne sais.

Je devrais préparer mon départ de Munich, rassembler mes affaires, mais je n'y arrive pas. Il me semble que je suis clouée ici, avec eux, mes amis, avec toi, ma Sophie. Je dois rester, être là. Ma logeuse m'a dit tout à l'heure que, pour le charbon, il faudrait que j'économise

1600 _ celui que j'ai, qu'il n'y en aurait plus d'ici le printemps. Elle s'est refermée d'un coup, depuis hier. Je me demande ce qui a pu se passer. Les journaux n'ont pourtant pas publié de photos de nos amis… On dirait que cette femme a des doutes me concernant.

En février 1939, Rolf a donc disparu pour la seconde fois. Mon père a interdit de prononcer son nom à la maison. Thomas et moi, nous _1605 nous perdions en conjectures[1] et je savais bien que ma mère pleurait en cachette. Mais chez nous, on ne parle pas de ses sentiments.

Début mai, on a quand même appris l'arrestation de Rolf et son transfert en camp de travail dans l'est du pays. On a appris aussi qu'il collaborait à un journal qui venait d'être interdit par les nazis. La _1610 plupart des membres du journal avaient été arrêtés et déportés. Ce mensuel avait réussi le tour de force de publier régulièrement des articles antinazis depuis 1933 ! Mon père nous a raconté tout cela un soir, l'air faussement soucieux. Il venait de rencontrer par hasard un ancien collègue universitaire de Rolf. À l'université, tout le monde _1615 était au courant de la disparition de mon oncle, mais personne n'en parlait non plus.

C'est affreux à dire, mais mes parents ont paru soulagés. Même ma mère. Elle avait beau aimer son frère, elle le pensait un peu «agité» et je ne la crois pas loin d'avoir imaginé que ce camp lui ferait le _1620 plus grand bien. Rolf ne risquait plus de nous attirer des ennuis. Ou quelque chose comme ça. Les ennuis, ils étaient déjà là, et les efforts de mes parents pour regagner la confiance de leurs concitoyens me paraissaient pitoyables.

En ce début d'été, Hans est parti faire ses études de médecine à _1625 Munich. Sophie et Hans étaient au courant des activités de Rolf dans ce journal, mais Sophie est toujours restée discrète.

À cette époque, j'avais retrouvé Léo et je me souviens avoir pensé que mon oncle Rolf ne le saurait peut-être jamais. C'était une tristesse supplémentaire.   _1630

---

1. Suppositions, hypothèses.

Mardi 23 février 1943

Sophie, Hans et Christl sont morts. Décapités. Tous les trois. Hier, lundi 22 février.

Mercredi 24 février 1943

Wilfried est avec moi. C'est lui qui avait prévenu Rudy de quitter la ville. Lui aussi qui est venu me prendre par la main hier après-midi, me tirer hors de ma chambre, après le procès. Nous _ 1635 avions l'espoir fou de les apercevoir une dernière fois. Nous avons attendu, quelques-uns, sans mots, sans visages, à quelques dizaines de mètres du palais de justice. Le matin même, c'est lui aussi, Wilfried, qui était allé chercher M. et Mme Scholl à la gare.

Quand ils sont arrivés, les débats au palais de justice avaient _ 1640 déjà commencé. Tout le monde savait que le procès serait un simulacre[1]. Le verdict était donné d'avance. Avant d'arriver dans la salle d'audience, Wilfried leur a dit :

– Nous devons nous préparer au pire.

Mme Scholl a demandé :   _ 1645

– Vous voulez dire… Devront-ils mourir ?

Wilfried n'a pu que faire oui de la tête, tant son émotion l'étranglait. Le frère de Sophie et de Hans, Werner, était là, lui aussi.

Je ne peux raconter tout ce que je sais. La douleur nous submerge.
                                                                _ 1650

Quand les parents de Sophie et de Hans sont entrés dans la salle des débats, tout était dit. Il n'y avait pas eu de débat. La condamnation

---

1. Qui n'en a que l'apparence.

à mort a été aussitôt prononcée. La mère de Sophie a perdu connaissance, son père s'est écrié d'une voix forte :

1655 — Il existe une autre justice !

Tout le monde a été évacué de la salle.

Personne ne s'attendait à une telle précipitation. Ils ont voulu faire un exemple.

Werner a pu rejoindre les trois condamnés et leur serrer la main
1660 — avant qu'ils ne montent dans le fourgon. Les larmes lui sont venues aux yeux et Hans a mis la main sur l'épaule de son frère.

— Reste fort.

Comment décrire les heures qui ont suivi ?

Wilfried est donc venu me chercher. Nous nous sommes retrouvés
1665 — quelques-uns sous les tilleuls de l'avenue. Nous avons vu passer les voitures qui emportaient nos amis. Nous ne pouvions croire que l'arrière noir des fourgons, le bruit des moteurs qui s'éloignait, étaient les derniers signes qui nous reliaient à nos camarades. Au fond de nos cœurs s'est formée une prière qui n'était qu'un long sanglot. Les
1670 — voitures ont disparu. Nous sommes restés longtemps sous les arbres, agrippés les uns aux autres, dans la pluie glacée.

M. et Mme Scholl ont pu revoir leurs enfants avant qu'ils ne partent à la mort.

Je ne peux rien ajouter de plus, aujourd'hui je ne peux pas. Plus
1675 — tard.

Seulement cela : nous sommes restés immobiles, ensemble, le froid et la nuit nous ont enveloppés. À 6 h 30, nous avons su que tout était fini.

Nous nous taisons, nous pleurons et nous tenons la main. Wil-
1680 — fried va rester encore ce soir avec moi. Je le lui ai demandé. Je n'ai

pas voulu rester seule, je suis contente qu'il soit près de moi. Il a su que Thomas avait quitté Munich dès l'annonce du jugement. Nous devons tous nous disperser. Mon frère me manque. Je pense à lui. Je pense que nous sommes ensemble dans la douleur de Sophie, de Hans et de Christl.

_ 1685

20 avril 1943

Ulm. Ce 20 avril. Ma ville d'une autre vie.

Ce matin, j'ai voulu voir l'aube. Au lever du jour, parfois, il me semble que tout est encore possible. La vie s'ouvre dans le silence. On dirait qu'on peut recommencer.

1690 _ Bientôt deux mois que je suis ici. Le quartier est un peu triste, sans doute parce que je n'y connais personne. Je n'ai pas voulu retourner vivre dans ma famille. J'habite chez une dame dont le fils est soldat sur le front de l'Est. Elle n'a aucune nouvelle de lui depuis le désastre de Stalingrad. Elle pleure beaucoup, je la console parfois, cela me
1695 _ distrait de mon propre chagrin. Mais, lorsque je risque des paroles prudentes mettant en doute la politique de Hitler, elle se récrie aussitôt, parle de la Grande Allemagne, de notre Führer. Alors je la laisse à ses folies, je n'ai plus envie de dispenser ma tendresse, tout à coup je me sens affreusement lasse. Je retourne dans ma chambre et je suis
1700 _ assaillie par le découragement.

Tout à l'heure, le soleil se levait, j'ai marché longtemps dans la rue déserte. Mes pas m'ont menée jusqu'à des quartiers que je n'avais pas traversés depuis longtemps. Des quartiers d'enfance. Je suis entrée dans le jardin en friche du docteur Bernheim.

1705 _ Au fond, près de la remise à outils, il y avait un magnifique lilas blanc, exubérant comme un éclat de rire, joyeux. Je l'ai reconnu, il était seulement plus touffu qu'autrefois, ensauvagé. Tout à coup, j'ai pensé au rire de Léo. Son rire d'homme, formidable, communicatif m'a assaillie en même temps que le parfum du lilas. C'était violent, brutal, les larmes me sont montées aux yeux. Je me suis assise dans _ 1710 les herbes folles et j'ai pleuré.

Dans le jardin solitaire, il y a encore des fleurs qui s'épanouissent parmi les graminées et les orties, malgré la guerre, malgré l'abandon et la folie des hommes. Des crocus, des giroflées, des jonquilles, une glycine mauve, des myosotis. J'ai cueilli quelques crocus et trois _ 1715 branches de lilas double, odorant, somptueux. Tant de couleurs pour mon cœur gris. En coupant le lilas, j'ai pensé encore à Léo. Et puis aussi qu'avec ce bouquet, je rendais hommage au docteur et à Hilde Bernheim. À tous les disparus. Aux miens. Ma gorge s'est serrée à nouveau, mais pas longtemps. C'est fragile, les crocus. Je les ai mis _ 1720 dans l'eau. On verra combien de temps ils durent. Le lilas, c'est plus solide.

Déjà six semaines.

Ce lundi 22 février est comme une pierre dans le courant de ma vie. Un barrage. Il y a avant et après. Avant, l'eau est calme, régu- _ 1725 lière, juste quelques tourbillons autour des obstacles. Après, c'est un rapide, blanchi par l'écume, tonitruant, insensé, qui m'entraîne. Entre les deux, la mort de mes amis, comme une pierre. Quelque chose qui peut faire perdre la raison.

Pourtant, c'est étrange : c'est tout le contraire qui se produit. _ 1730 Sophie et Hans sont morts et la vie a continué.

Au début, j'ai été comme une morte vivante. J'ai fui, fui éperdument pour échapper à la marée galopante de la peur. Nous nous sommes tous éparpillés, sans nouvelles les uns des autres. Et puis peu à peu, d'abord dans mes rêves, puis dans ma vie réelle, j'ai compris _ 1735 quelque chose : je devais prendre appui sur cette pierre. Construire quelque chose. Si j'avais utilisé cette image devant elle, Sophie aurait dit la parole de l'apôtre : «… et sur cette pierre tu construiras ton église.» Elle aurait dit cela, j'en suis sûre.

1740 _ Je voudrais comprendre. Encore et encore, j'essaie de comprendre Sophie.

Loin de se combler avec le temps, le vide se creuse chaque heure un peu plus. Au fil des jours, nous apprenons les derniers moments de nos amis et c'est comme si ces dernières heures formaient alors 1745 _ tout l'horizon de ma vie.

Je pense à elle constamment. Sophie. Je suis avec elle, j'entends les phrases, j'entends sa voix, le grain et l'éclat de sa voix, j'entends résonner chaque phrase que l'on m'a rapportée d'elle. Ce qu'elle a dit durant toutes ces heures qui ont précédé son exécution, alors qu'elle 1750 _ savait la mort toute proche qui l'attendait, je l'ai appris.

Ils ont été exécutés l'après-midi même du jugement. Le fourgon que nous avons vu disparaître sous la pluie les emmenait directement au lieu de leur mort. Une petite cour en ciment.

Au dernier moment, leurs parents ont pu serrer Sophie et Hans 1755 _ dans leurs bras. Lorsque sa mère lui a dit :

– Sophie, pense à Jésus, elle a répondu, presque autoritairement :

– Oui, mais toi aussi.

Nous l'avons su par une gardienne. Les choses se sont sues, par la ville. Comment ils sont morts. Comment Sophie ne s'est pas départie 1760 _ une seule seconde de son courage. Comment son visage était clair et serein jusqu'au bout. Comment elle ne cessait de sourire, comme si elle regardait le soleil.

Toute la prison était bouleversée. Toute la ville le sait.

Comment elle a traversé les longs couloirs bordés de cellules d'un 1765 _ pas paisible, aux côtés de la gardienne. Au bout des longs couloirs, il y avait la guillotine, c'était là qu'elle se rendait. Tranquillement.

Il se dégageait d'eux trois, Sophie, Hans et Christl, quelque chose de si extraordinaire que, malgré les règles de la prison, on les a autorisés à se voir une dernière fois, dans une cour attenante au lieu de l'exécution. Ils se sont tenus étroitement embrassés pendant quelques _ 1770 minutes et ont partagé une cigarette.

Je pense à ces minutes sans arrêt, de jour comme de nuit. Mes trois amis. Je ne cesserai jamais d'y penser. Je me susurre ce qu'ils se sont dit à ce moment-là. Au moment de la cigarette. Qu'ils s'aimaient. Qu'ils étaient fiers les uns des autres. Qu'ils mouraient pour que vive _ 1775 la liberté. Je ne sais pas. Je les embrasse en rêve. Ma Sophie… Je ne peux savoir si elle a eu peur, si sa merveilleuse force d'âme a été plus grande que la terreur suprême, si elle a désespéré. Mais il y a quelque chose dont je suis sûre : elle savait pourquoi elle était là, d'où elle venait et où elle allait. Sa foi en la justesse de ses actes et de sa vie, _ 1780 autant qu'en la justice de Dieu, l'a affermie jusqu'au bout.

Elle a marché à la mort la première. Ensuite Hans. Puis Christl.

J'ai déménagé. Au lendemain de leur mort et des infâmes affiches qui ont été placardées sur les murs de la ville pour annoncer leur exécution, ma logeuse m'attendait sur le trottoir. _ 1785

– Vous les connaissiez?

J'ai bafouillé, bredouillé. Ce n'était pas une question, elle avait bien sûr reconnu Sophie. Elle m'a présenté ma note pour le mois. Pour être bien sûre que je comprenne, elle avait déjà retiré la bonbonne de gaz et roulé le matelas dans l'entrée. Elle a hurlé : _ 1790

– *Raus!*

Je me dis aujourd'hui que, sans le savoir, cette pauvre femme a eu un comportement «humain». Par les temps qui couraient, sur un tel soupçon, une autre se serait précipitée à la Gestapo pour me dénoncer. _ 1795

Pourtant, ce mardi 23 février, j'étais comme paralysée, je ne parvenais pas à me dire qu'il fallait partir. Et là, il s'est passé quelque chose : Thomas est revenu me chercher. Je le croyais loin, il se cachait encore en ville. Nous nous sommes étreints. Il était calme. J'ai lu dans
1800 _ son regard qu'il avait pris une décision. J'étais si contente qu'il soit là. J'ai pleuré dans les bras de mon frère. Comme une petite fille. Je disais :

– Je ne veux pas partir.

Thomas ne répondait rien, il me caressait les cheveux doucement.
1805 _ Il avait apporté un réchaud à alcool et il m'a demandé s'il y avait quelque chose à manger.

Nous avons fait une sorte de repas «de famille». Thomas s'est assis sur l'unique chaise et moi sur le sommier sans matelas. Il me restait quarante grammes de farine et des œufs, et j'ai cuisiné une espèce de
1810 _ grosse crêpe, bien bourrative, qui nous a fait plaisir le temps que nous mangions. Ensuite, Thomas s'est renversé sur sa chaise et a croisé ses mains derrière la tête. Un instant, il a eu l'air heureux, comme si tout allait bien, comme si le malheur n'était pas sur nous. Et puis, il m'a dit quelque chose. Quelque chose qui m'a paru étrange sur le
1815 _ moment. Depuis, je ne cesse d'y penser.

– Tu vois, Elisa, malgré l'immense malheur qui est le nôtre, une pensée m'est venue, peut-être insolite, bizarre, moi-même je ne l'attendais pas, tant je nous sens tous frappés par l'injustice. Je pense… comment dire… ? Je pense en réalité que la somme de malheur et de
1820 _ bonheur est la même pour chaque être humain… Il me semble que… que quelles que soient les conditions, les dieux auxquels croient les gens, ou l'argent qui garnit leur bourse, nous sommes tous infiniment capables de douleur et de bonheur – ou d'inconscience, je ne sais pas. Je voulais juste que nous nous rappelions cela, pour ne pas
1825 _ céder au désespoir.

Je n'étais pas sûre de comprendre, mais ce qu'il disait m'apaisait. Il a poursuivi :

– Des différences entre les hommes, il y en a, bien sûr, et d'énormes. Mais il me semble qu'elles sont pour ainsi dire… extérieures. Au fond de lui, je pense que chaque être humain, si petit, si insignifiant soit-il, a en lui la même énergie. Après… on a la force… ou pas, de passer du réservoir malheur au réservoir bonheur. C'est un grand mystère. Cette force-là, Sophie et Hans l'avaient… _ 1830

Je regardais mon frère. Thomas avait toujours ses mains croisées derrière la tête, et ce sourire un peu lointain. L'instant d'après, les deux pieds de la chaise ont frappé le sol, il m'a dit : _ 1835

– Elisa, maintenant il faut penser aux choses sérieuses. Je suis revenu te chercher. Nous partons. Tout de suite, cette nuit. La Gestapo peut débarquer d'une heure à l'autre.

Il s'est levé et a commencé à mettre mes affaires dans la valise. Nous sommes partis en pleine nuit, avons gagné la gare à pied et attendu dans un coin, pelotonnés l'un contre l'autre, le premier train pour Ulm. _ 1840

Nous nous sommes séparés à Ulm où vivent nos parents. Thomas a poursuivi sa route. Je vois souvent son visage en rêve, penché par la fenêtre du train, souriant dans la fumée de la locomotive. Je ne sais pas où il se trouve à l'heure actuelle, il n'a pas écrit. _ 1845

Le dimanche, je déjeune chez mes parents. Ils ne savent rien de ma vie, de mes amitiés, de mes pensées secrètes. Il y a entre nous comme un fossé sans fond. Même avec ma sœur Dolly. En deux ans, elle a beaucoup changé. Ou bien est-ce moi ? Elle veut faire des études de puéricultrice. Nous sommes devenues étrangères l'une à l'autre. Lorsque nous nous sommes retrouvées, il y a un mois, ce n'était pas ma sœur qui m'embrassait, la complice de mes jeux d'enfance, c'était _ 1850

1855 _ une jeune fille méfiante, sur la défensive. J'avais imaginé trouver en elle une confidente, j'aurais aimé lui parler de notre frère, Thomas. Je crois que si elle m'avait interrogée, j'étais prête à tout lui dire. Mais elle ne m'a pas interrogée. Ma vie et mes pensées ne la concernent pas. Quand j'y pense, ces retrouvailles avec ma petite sœur, dont

1860 _ j'avais tant rêvé, m'ont été presque plus difficiles qu'avec mes parents. Eux, je savais. Elle, j'avais imaginé autre chose que cette confrontation hostile. C'est aussi pour cela que j'ai préféré me loger ailleurs.

Mais je ne veux pas faire de peine à mes parents en leur apprenant des choses qu'ils ne sont pas prêts à entendre. Alors, sans me poser

1865 _ de questions, je prends le tram et fais à pied les deux kilomètres qui séparent la petite gare de Hohebrück de notre maison. Ils sont contents de me voir de retour à Ulm, me questionnent peu sur mes études de dactylo interrompues, croient ce que je leur dis, que j'ai trouvé un emploi de répétitrice[1] dans une «bonne» famille de la

1870 _ ville. Tout comme ils pensent que Thomas fait de bonnes études de pharmacie à Munich, sans se douter qu'il se cache quelque part dans le nord de l'Allemagne. C'est dur de garder le sourire, de leur raconter des mensonges, de dire que je vois peu mon frère parce qu'il a beaucoup de travail, mais qu'il va bien, merci, très bien.

1875 _ Il y a deux semaines, des voisins sont venus prendre le café du dimanche. C'était insupportable. J'étais contrainte d'écouter des horreurs sans mot dire. Mentir et dissimuler, j'y parviens de moins en moins. La mort de Sophie et Hans a aussi donné ce sens à mon existence : je n'ai plus le droit de détourner la tête. La douceur et

1880 _ l'intelligence de Sophie étaient un rempart contre toutes mes peurs. À présent, je suis dans le grand vent de la vie. Je veux être digne d'elle.

Jour après jour, il me semble davantage que je vais devoir partir, à

---

1. Professeur particulier.

nouveau. Quitter Ulm où ma vie est un mensonge. Sophie et Hans m'auront fait ce cadeau-là. L'exigence de la vérité.

Lors du dernier déjeuner, j'ai appris l'arrestation d'autres amis de _ 1885 la Rose blanche. Mon sang n'a fait qu'un tour lorsque mon père a déplié le journal.

– Ça y est ! Ils en ont arrêté d'autres, tiens, comment s'appellent-ils, ceux-là… ? Schmorell, Graf…

J'aurais voulu crier : « Alex, Willi… non, ce n'est pas possible ! » J'ai _ 1890 mis mes deux mains sur ma bouche, mon père m'a regardée, a froncé les sourcils. Et puis il a continué :

– Et il y a même un professeur d'université, vous vous rendez compte ! Si les professeurs s'y mettent, où va-t-on ? M. Kurt Huber, professeur de philosophie ! Comme quoi la philosophie mène à tout ! _ 1895 Même à devenir traître à son pays… C'est du beau monde, tout ça !

J'ai fixé désespérément les petites fleurs du papier mural, pétales bruns très fins sur fond jaune, comme des papillons. Penser à autre chose, ne pas laisser sortir les larmes qui débordent. Attendre que mon père ait fini sa diatribe[1], me lever lentement en faisant mine de _ 1900 desservir la table avec Dolly qui fait semblant de ne rien voir et aller sangloter tout mon soûl dans la salle de bains.

Je me sens si seule. Hans, Sophie, Christl, morts. Les autres, arrêtés. Ceux qui se cachent. D'autres, en fuite.

Je vais partir. Je dois partir. _ 1905

---

1. Discours violent et critique.

22 avril 1943

Demain, je quitte Ulm pour Schöneberg. J'ai prétexté une visite à une amie et demandé que l'on fasse suivre mon courrier poste restante. J'espère tellement avoir une lettre de mon frère, bientôt, bientôt! Je me rends compte que je ne suis restée tout ce temps à Ulm 1910 _ que dans cette attente. La poste restante, c'est seulement quelques jours de plus dans l'acheminement de ce courrier que j'attends si fort.

Hier soir, je suis allée faire mes adieux aux parents de Sophie. Rencontre bouleversante. Nous sommes restés longtemps embrassés. Ils m'ont traitée avec tendresse, comme si j'étais un peu leur fille. Nous 1915 _ avons longuement parlé de Sophie. Robert Scholl a beaucoup maigri, son visage s'est creusé, la mère de Sophie a le teint pâli par les nuits sans sommeil, mais ses yeux brillent avec la même générosité, la même ardeur que par le passé. Elle a le regard de Sophie.

M. et Mme Scholl ont pu, je ne sais comment, rencontrer une pri-1920 _ sonnière politique qui partageait la cellule de Sophie, Else[1], et qui a été libérée. En tant que politique, elle travaillait au bureau d'entrée de la prison. Elle leur a parlé de ces derniers jours passés avec Sophie. Je vais essayer de consigner ici tout ce que je sais, maintenant, tous les détails de ces derniers moments. Tant que je me souviens…

1. Else Gebel (1905-1964) fut la camarade de cellule de Sophie. Prisonnière politique, elle assista aux dernières heures de Sophie. La personnalité de la jeune résistante l'impressionna.

Le jeudi 18 février, quelques heures après son arrivée, Sophie est _ 1925
partie pour l'interrogatoire. Else l'a attendue, anxieuse. À minuit, elle
s'est endormie tout habillée. Sophie est revenue à 8 heures, émue,
mais courageuse. Elle a dit qu'elle avait menti toute la nuit et qu'au
petit matin, elle avait cédé : les preuves étaient là. Hans avait avoué,
lui aussi. Sophie semblait soulagée. Ils n'avaient livré personne. Elle _ 1930
paraissait sereine, tranquille. Else pense que sa foi lui donnait une
grande force.

Vendredi, l'interrogatoire a duré toute la journée, sans manger,
avec seulement du café. Sophie a dit à sa compagne de cellule qu'elle
et Hans étaient conscients de tout, dès le début : si jamais ils étaient _ 1935
pris par la Gestapo, ils devraient payer de leur vie. Samedi matin,
nouveaux interrogatoires. L'enquêteur tient à Sophie un long discours sur le national-socialisme et lui demande :

– Mademoiselle Scholl, si vous aviez su tout ce que je viens de vous
expliquer, vous n'auriez pas agi ainsi, n'est-ce pas ?   _ 1940

Sophie lui répond :

– J'aurais agi de la même façon, exactement, ce n'est pas moi, mais
vous qui vous trompez de politique.

Samedi et dimanche, Sophie et Else ont parlé longuement dans
leur cellule, fumé des cigarettes, croqué des biscuits. Sophie s'inquié- _ 1945
tait pour Hans. Le dimanche matin, durant son travail de bureau,
Else a appris que, pendant la nuit, un nouvel étudiant était arrivé.
Elle a consulté les registres. En revenant dans sa cellule, lorsqu'elle
a annoncé à Sophie que le nouvel arrivant s'appelait Christl Probst,
elle a vu le visage de sa compagne se décomposer. Cela n'a duré qu'un _ 1950
instant, Sophie s'est aussitôt reprise : Christl était père de famille et
n'avait pas distribué les fameux tracts. Il ne pouvait risquer qu'une
peine de prison. Sophie et Else ont passé l'après-midi dans la cellule,
assises, à causer.

1955 _ Vers 3 heures, on est venu annoncer à Sophie qu'ils seraient jugés tous les trois demain. Else a dit qu'à ce moment-là, elle a su que leur destin était scellé. Le président Freisler qui dirige la Cour de Justice populaire est connu pour sa cruauté. Sophie est devenue très pâle. Else a aussi dit qu'elle avait eu envie de pleurer, qu'elle avait
1960 _ seulement pris la main de Sophie. Ensuite, elles se sont étendues sur leurs lits, Sophie a croisé ses mains derrière sa tête. Après quelques instants, elle a soupiré :

– Quelle belle journée, le soleil brille, et moi, je dois mourir… Mais qu'importe ma mort si, grâce à nous, des milliers d'hommes ont les
1965 _ yeux ouverts…

Un peu plus tard, l'avocat commis d'office est venu voir Sophie pour lui demander si elle avait quelque désir. Sophie a dit que non, elle voulait seulement savoir si son frère aurait le droit de mourir fusillé, comme un soldat. L'avocat n'a rien répondu. Elle a aussi
1970 _ demandé comment elle mourrait, pendue ou la tête tranchée. Là encore, il n'a rien répondu.

La nuit du dimanche au lundi, la lumière est restée allumée. On savait dans la prison que les cellules où la lumière brûlait constamment étaient celles dont les occupants allaient mourir. Des hommes
1975 _ de la Gestapo passaient chaque demi-heure. Else n'a pas pu trouver le sommeil.

Sophie, elle, a dormi à poings fermés. Un peu avant 7 heures, Else l'a éveillée. Elle lui a alors raconté son rêve :

– J'allais faire baptiser un enfant. Il portait une robe blanche et
1980 _ le soleil brillait. Pour se rendre à l'église, il fallait escalader une montagne abrupte. Je tenais l'enfant bien serré dans mes bras. Tout à coup, une crevasse s'ouvre à mes pieds. J'ai le temps de déposer l'enfant en sécurité sur l'autre versant puis je tombe dans l'abîme.

Elle a interprété son rêve :

— L'enfant, c'est notre idéal. Il fallait monter le chemin, fût-ce au prix de notre vie.

Vers 9 heures, Sophie, Hans et Christl ont quitté la prison pour le palais de justice. Un silence oppressant s'est abattu sur la prison. L'atroce nouvelle est parvenue à 2 heures de l'après-midi au bâtiment central : condamnés à mort. Tous les trois. Else a appris en même temps que les parents de Sophie et Hans allaient faire une demande de recours en grâce. Elle a espéré. Les minutes ont passé, un quart d'heure, une demi-heure. Elle a espéré, de plus en plus fort.

À 4 h 30, le fonctionnaire responsable du bureau entre dans la pièce où travaille Else. Il a encore son manteau et son chapeau, son visage est très pâle. Else est étonnée de le voir, elle demande aussitôt :

— Est-ce qu'ils doivent vraiment mourir ?

Il hoche lentement la tête. Elle dit :

— Comment est Sophie ?

D'une voix lasse, il répond :

— Elle a été très forte.

Elle demande encore :

— N'y a-t-il aucun espoir de recours en grâce ?

Il regarde la pendule et dit lentement, très bas :

— Pensez à elle dans une demi-heure. Elle en aura fini de toutes ses épreuves.

Ces mots tombent comme des coups de massue. Les minutes sont interminables. 4 h 45, 4 h 51, 4 h 52… Else dit qu'elle a essayé de prier, de toutes ses forces, que toutes ses pensées se brouillaient. Enfin 5 heures… 5 h 4, 5 h 8…

_ 1985

_ 1990

_ 1995

_ 2000

_ 2005

_ 2010

14 mai 1943

Kassel, ce 14 mai 1943. J'ai quitté Ulm avec une minuscule
2015 _ valise. Dedans, toutes mes économies, de quoi voir venir pendant quelques semaines. Et des vêtements pour une poignée de
jours, huit ou dix, c'est ce que j'avais dit à mes parents. Depuis,
je leur ai écrit pour qu'ils ne s'inquiètent pas. Ici, à Kassel, je ne
connais personne. Et c'est tant mieux.

2020 _ J'ai atterri dans cette ville lointaine par le hasard des trains et
des événements. J'avais vaguement l'idée de rejoindre mon frère
à Hanovre où je crois qu'il se trouve. Je n'en suis même pas sûre.
Un peu après Fulda, quelqu'un dans le wagon a dit que la SS
recherchait des terroristes et que des fouilles et des vérifications
2025 _ d'identité allaient être faites dans le train. Je suis descendue précipitamment à la station suivante. C'était Kassel.

J'ai marché très vite, loin, loin de la gare, comme si du train
pouvait descendre l'enfer avec sa horde. À la sortie de la ville, j'ai
trouvé une petite chambre. L'hôtel était un peu minable, les gens
2030 _ gentils, mais ils ne pouvaient pas me garder. On m'a demandé
ce que je faisais à Kassel. J'ai menti, j'ai dit que j'avais un oncle
et un cousin ici, mais que je venais d'apprendre qu'ils étaient partis
pour le front. J'ai dit n'importe quoi. On ne m'a pas questionnée
davantage, heureusement. On m'a donné cette adresse, « une
2035 _ dame seule, elle a peut-être de quoi vous loger » et, du coup,
je me retrouve sans l'avoir vraiment prévu dans un petit

deux-pièces sous les toits, dans cette ville où je ne suis jamais venue. Et voilà.

La logeuse est brave, elle aussi. Je suis bien tombée. Elle s'appelle Greta. Je sens qu'elle aimerait en savoir un peu plus sur moi, mais ₋ 2040 elle se contente de ce que je lui dis… c'est-à-dire pas grand-chose. Je crois qu'elle aurait préféré une locataire plus causante ! Cela dit, son gourbi[1] est encombré et poussiéreux et j'ai beaucoup de mal à l'en débarrasser des seuls hôtes qui s'y sentent à l'aise : des colonies d'araignées. ₋ 2045

Dans cet étrange décor, j'ai parfois une pensée singulière : l'espace d'un instant, malgré le passé noir et l'avenir incertain, je me sens libre. C'est arrivé plusieurs fois, sans que je m'y attende. Comme une odeur enivrante venue d'on ne sait où, un parfum, un souvenir obscur, un rêve oublié : tout à coup, la sensation de la liberté. ₋ 2050 N'avoir plus rien, être loin de tout et de tous ceux que j'ai connus me donne le sentiment de repartir de zéro. Maintenant que j'ai tout quitté et que je n'ai plus qu'une valise de vieilles frusques[2], je me sens légère. Parce que je n'ai plus rien, tout m'appartient. Comme cette mansarde, qui m'est étrangère. Il y a juste un lit en merisier, du ₋ 2055 beau bois ciré, et une sorte de secrétaire, marqueté[3] à l'ancienne, qui tranche avec la désolation de mes deux petites pièces. Le dessin de la marqueterie figure des pervenches, je crois, tiges, feuilles et fleurs épanouies de bois clair sur l'acajou du meuble. Très beau. J'ai trouvé une lettre qui était restée coincée tout au fond d'un des tiroirs. Je l'ai ₋ 2060 lue, c'était une lettre d'amour. Comme c'est étrange, je lisais les mots «amour», «passion», «feu brûlant», «attente», «émotion», «désir», comme si tout cela était très loin de moi, tout petit, vu de haut. Et

---

1. Habitation misérable et rudimentaire.
2. Vieux vêtements abîmés.
3. Technique d'ébénisterie qui consiste à créer des motifs avec différentes pièces de bois.

2065 _ puis j'ai eu mal, tout à coup. Quelque chose de pointu s'est enfoncé dans mon cœur. J'ai eu mal avant de comprendre que ce quelque chose, c'était Léo. Cela fait si longtemps…

Mon réchaud à gaz fait de minuscules flammes vacillantes. On dirait qu'elles vont s'éteindre d'un instant à l'autre. Cela fait une bonne heure et mes pommes de terre ne cuisent pas du tout. Tant 2070 _ pis, j'ai trop faim, je vais faire comme hier, les manger à moitié crues.

16 mai 1943

C'est drôle, je relis ce que j'ai écrit avant-hier : que je me sentais libre. Ce n'est pas toujours vrai. Parfois, au contraire, je me sens comme une bête traquée. Sans nul endroit certain où poser mon 2075 _ corps et mon esprit. Alors, toute la force et la dignité que m'a don- nées Sophie s'évanouissent, la panique me reprend. J'essaie de pen- ser à elle, à son courage, de me ressaisir. Je n'y arrive pas bien. Mes jambes tremblent. Je me sens absolument seule au monde. Comme si tout ce qui me tenait ici-bas, l'amour de quelques-uns, s'était détaché 2080 _ de moi. Comme si je voguais sans direction sur un océan déchaîné. Et je me rends compte que ceux que j'aimais le plus, ceux auxquels je pense jour et nuit, avec qui mon cœur est resté, ce sont mes cama- rades, mes amis, mes frères. Sophie et Hans.

Quand ma logeuse m'invite à déjeuner, comme aujourd'hui, j'ac- 2085 _ cepte avec plaisir car mes économies seront bientôt au bout et je pré- fère ne pas penser à ce qu'il en sera de ma vie si je n'ai même plus de quoi m'acheter le peu que l'on peut trouver à manger en ce moment ! J'ai appris à vivre au jour le jour. Mon horizon est maintenant limité au prochain repas. C'est une manière de vivre, après tout.

2090 _ Je voudrais tant revoir mon frère !

Tout à l'heure, après le repas de midi, je me suis retirée chez moi, sous les toits, me suis frayé un passage entre les monceaux de vieilleries et de décombres. J'ai rempli des seaux de toutes ces saletés, je les ai descendus et j'ai nettoyé les planchers. Cela m'a fait du bien. Parfois, je suis prise de cette pulsion frénétique de tout nettoyer, ça _ 2095 me distrait de mes pensées noires, et après je me sens mieux.

Mais ce soir, je n'arrive pas à me défaire de l'angoisse. J'ai beau avoir nettoyé, frotté, fait le vide et le propre dans ma chambrette, quelque chose est comme une bête noire tapie tout au fond de mes pensées. Une bête qui s'apprête à bondir et qui va m'empêcher de _ 2100 dormir, je le sens!

18 mai 1943

J'ai finalement parlé avec Greta.

C'est incroyable ! Je peux à peine écrire ce qui vient de se passer.

2105 _ Je la sentais si désireuse de causer, depuis que j'étais chez elle... Et moi, je n'y tenais pas. Je ne voulais pas parler, je faisais tout pour éviter une conversation avec elle. Et puis, je ne sais pas pourquoi, quelque chose dans sa douceur, dans la bonté de son visage, quelques mots qu'elle a laissés échapper, m'ont donné confiance.

2110 _ Et tout à l'heure, après le repas du soir qu'elle m'a encore gentiment proposé de partager avec elle, j'ai accepté de prendre une infusion. L'atmosphère était détendue. En fait, c'est moi qui l'ai interrogée.

Le matin même, en parcourant fébrilement ce courrier que j'attends si impatiemment tous les matins, mes yeux sont tombés sur un cachet de poste dont le nom m'a sauté au visage : Flossenburg. Il surgissait des profondeurs de ma mémoire, mais j'étais incapable de savoir d'où, ni qui, ni quand. Et puis, tout à coup, c'est revenu : j'avais entendu dire un jour qu'à Flossenburg étaient conduits les déportés politiques d'Ulm et de la région.

J'ai demandé à Greta s'il s'agissait du camp de concentration pour déportés politiques. Elle a froncé les sourcils et son visage a pris tout à coup une expression douloureuse que je ne lui avais jamais vue.

– Mon frère y a passé deux années. Il a été libéré à Noël dernier...

Si on peut appeler ça libéré. Il est mort quelques semaines plus — 2125
tard. L'administration du camp continue à lui adresser du courrier ici…

– Que faisait votre frère…?

– C'était un opposant au régime… Oui, je peux bien te le dire. J'ai
bien compris que tu te cachais, toi aussi, va… — 2130

– Mais je…

– Je ne te demande pas pourquoi… Tu n'as rien besoin de me
raconter… Sauf si tu en as envie, bien sûr. Enfin, moi je vais te dire…
J'ai confiance en toi…

Elle tenait dans ses deux mains son bol d'infusion, comme pour — 2135
les réchauffer. Ses yeux étaient rêveurs, son regard ailleurs, loin, loin
d'ici. Elle s'est mise à me parler, comme si d'un coup, tout lui était
égal.

– Voilà… Mon frère Kurt avait été tellement torturé par les nazis
qu'il en est sorti aveugle, du camp de déportés, et dans un état de — 2140
délabrement tel qu'ils étaient bien certains qu'il ne survivrait pas
longtemps. Il a tenu un mois. Il est mort ici, dans ma maison. Son
ami, son compagnon le plus proche, celui avec lequel il avait été
arrêté, était mort sous la torture, quelques semaines plus tôt, sous ses
yeux. C'est après qu'ils lui ont crevé les yeux, en lui disant : «Main- — 2145
tenant, il n'y a plus rien à voir…»

Elle s'est tue un moment. J'étais abasourdie, muette. Je voulais
que Greta continue et en même temps qu'elle ne continue pas. Elle
a repris son souffle.

– Mon frère Kurt, je l'ai soulagé comme j'ai pu, nous étions tout — 2150
l'un pour l'autre, n'ayant qu'une très lointaine parentèle dans l'est
du pays…

J'ai demandé à nouveau :

– Mais que faisait-il?

2155 _ – Je te l'ai dit : c'était un opposant au régime.

Elle a ajouté en baissant la voix, comme si nous pouvions être entendues, comme si elle allait me confier une chose de la plus haute importance :

– … C'était un pur.

2160 _ J'ai répété ma question. Je voulais savoir :

– Greta, que faisait-il exactement?

– Il écrivait des articles dans un journal interdit par les nazis, des articles dénonçant le régime. Ils ont été deux, les deux rédacteurs, à être arrêtés en même temps. Mon frère, Kurt, et son ami Rolf… Un 2165 _ pur, lui aussi.

Je me suis mise à trembler. Elle n'ajoutait rien, semblait perdue dans ses pensées. Je me suis lancée, avec un filet de voix :

– Vous… Je veux dire, Rolf… Rolf comment? Comment s'appelait-il?

2170 _ – Je n'ai jamais su son nom de famille. Pourtant, il est resté ici presque six mois, il y a quelques années. Ici, oui, ici même, chez moi, avec sa compagne. Mais, tu sais, en résistance, moins on en sait, moins on prend de risque et moins on en fait prendre aux autres… Je n'ai pas cherché à savoir son nom. Tout ce que je savais, 2175 _ c'est qu'il était professeur, très savant, très gentil. Et discret. Il avait vécu à Ulm où il avait de la famille. Je l'aimais beaucoup. Il est arrivé ici un jour, avec son amie, une jeune femme juive qui se cachait. Amenés par mon Kurt. Ils se cachaient tous les deux, elle surtout. Elle était actrice et venait de perdre son emploi au grand 2180 _ théâtre de Cologne, où elle vivait. Les Juifs… enfin, tu sais tout ça. Elle refusait de porter l'étoile jaune, elle était très menacée. C'était devenu trop dangereux de vivre dans une grande ville comme Cologne. Mon frère Kurt les a amenés ici, petite banlieue, petite ville de province. Je vis seule. Ils avaient l'air heureux, tous les deux, elle et Rolf, très amoureux… En fait, nous avons été très heureux, tous les quatre, pendant quelques mois. Nous avons beaucoup ri, malgré tout… tout ce qui nous entourait…

Elle s'est tue à nouveau. Un léger sourire flottait sur ses lèvres. Elle était revenue dans ce temps-là, le temps de ce bonheur suspendu.

– Et… ensuite ? Je veux dire… Qu'est-elle devenue ?

Le sourire s'est effacé lentement.

– Un matin, tôt, avant l'aube, ils sont venus l'arrêter. Elle, uniquement elle. Ils ne voulaient pas de lui. Ils l'ont emmenée. Ils l'ont sortie du lit, brutalement, grossièrement, quand j'y repense, mon Dieu… Ils lui ont crié de s'habiller… Rolf a voulu partir avec elle, monter dans la voiture de la Gestapo, ils lui ont donné un coup de crosse sur la tête et ils sont partis. C'était elle qu'ils voulaient. « La Juive. »

Ses yeux se sont remplis de larmes, quand elle a ajouté :

– Après, il était fou de désespoir.

Moi, j'étais sans voix. J'aurais voulu crier : « Rolf ! C'était mon oncle, mon oncle chéri ! L'autre de mes disparus ! » Mais aucun son ne sortait. Greta a poursuivi :

– Je n'ai jamais su qui l'avait dénoncée. Qui, de mes voisins, de mes connaissances, le facteur, le boucher, le boulanger, le marchand de journaux, qui aurait pu savoir ? Je n'ai jamais deviné… Cela m'est égal, maintenant. Cela m'était déjà égal. J'aurais dû être inquiétée moi aussi, j'aurais dû partir, me mettre à l'abri, me cacher à mon tour. Je n'ai pas bougé. Je m'en fichais. J'ai mis les deux garçons à la porte, Kurt et Rolf… Pour les protéger, bien sûr… C'était trop risqué, ici.

Elle avait dit « les deux garçons », en parlant de mon oncle Rolf.

C'était étrange. Tout était si étrange. Comme si le monde se renversait tout à coup, comme si la Terre se mettait à tourner dans l'autre sens.

– … J'ai attendu tranquillement qu'on vienne me chercher. J'avais tout perdu. Je m'en fichais complètement. J'étais dégoûtée. J'ai attendu des jours, des semaines. Personne n'est jamais venu…

Elle a ajouté avec un petit sourire :

– Tu es la première… Après, j'ai appris que les garçons avaient finalement été arrêtés et déportés tous les deux dans ce camp. Je savais ce qu'ils faisaient. Je savais par Kurt que Rolf prenait tous les risques, qu'il signait de son propre nom des articles incendiaires contre Hitler… Et voilà. Tu sais à peu près tout, à propos de ce cachet de poste que tu as aperçu sur cette lettre.

Ses deux mains étaient posées sur ses genoux, bien à plat sur sa robe grise avec des motifs turquoise un peu pâlis par les lavages. C'était la première fois que je les remarquais. Des mains fatiguées, un peu noueuses. Des mains qui avaient été fines, qui avaient peut-être même joué du piano il y avait longtemps, mais qui avaient dû travailler dur depuis, connaître la terre et les grosses besognes. J'ai eu envie de poser la mienne sur ces mains, mais je ne l'ai pas fait.

Greta a ajouté, d'une voix presque imperceptible :

– Quand je pense que quelqu'un que je cachais, que je protégeais, que j'aimais, a été arrêté chez moi, ici. Cueillie, comme une souris prise au piège. Chez moi… un piège…

Ses yeux se sont à nouveau embués tandis qu'elle dodelinait doucement de la tête comme pour chasser une mauvaise pensée. Une pensée insupportable.

Je n'ai rien dit. Je ne pouvais pas parler. Mais je crois qu'elle a senti quelque chose parce qu'elle m'a embrassée tendrement quand j'ai murmuré, d'une toute petite voix, que j'allais me coucher.

Je lui parlerai demain. L'une et l'autre, nous avons tout le temps. Nous avons beaucoup de choses à nous dire. Je voudrais lui parler de _ 2245 Léo. Léo dont je n'ai pas parlé depuis si longtemps.

Mon cœur est plein mais, tout à coup, il me semble aussi moins lourd. Oui, c'est cela, moins lourd. J'ai l'impression que je vais rester longtemps ici.

Il est tard. Je n'ai toujours pas sommeil. J'ai fini le livre que m'a _ 2250 prêté Greta. Tant pis. Je vais quand même éteindre. Il y a du bruit dans la rue. Une voiture est en bas, j'entends le moteur qui ronronne devant la porte. Des portières claquent. Des voix… Qui cela peut-il être, à cette heure ?

Je n'ose pas écarter le rideau… _ 2255

Mon Dieu… J'ai peur… On sonne… On sonne… Maintenant on tambourine à la porte cochère ! Ma logeuse n'a pas l'air de répondre. Mon Dieu, faites qu'elle continue à dormir ! Qu'elle n'ouvre pas. Cela ne peut être pour moi, non, moi je n'ai rien fait ! Ici, personne ne me connaît. Je n'ai rien fait ! Je n'ai rien à me reprocher. Ils donnent _ 2260 des coups de pied, maintenant. Mon Dieu, ils vont défoncer la porte. J'entends du bruit dans la maison. Greta cavale dans l'escalier. Elle va ouvrir, c'est sûr…

Épilogue

Elisa et Greta ont été arrêtées à Kassel cette nuit-là. Toutes les deux. La nuit du 18 au 19 mai 1943. Elles ont été déportées _ 2265 dans le camp de femmes de Ravensbrück. Au mois de décembre de cette même année, Greta est morte, emportée par l'épidémie de typhus[1] qui a ravagé le camp, dans les bras de son amie Elisa.

Tout le réseau de la résistance étudiante avait été démantelé dans le courant de l'automne précédent. _ 2270

Elisa a été libérée en février 1944. En sortant du camp, elle a appris l'exécution des autres membres de la Rose blanche. Thomas aussi, son frère, en octobre.

Elle n'a pas voulu retourner à Ulm. Elle était dans un tel état d'épuisement qu'elle a séjourné plusieurs semaines dans un hôpi- _ 2275 tal. Elle a pensé qu'elle aurait dû mourir avec Greta. Elle ne voulait pas guérir. Elle ne s'en sentait pas le droit. Peu à peu, elle a recommencé à se nourrir, ses forces sont un peu revenues. L'été 1944, elle a pu se lever.

En sortant de l'hôpital, elle était encore très faible. Elle ne savait _ 2280 où aller. Elle ne voulait pas rentrer à Ulm, chez ses parents, et n'a même pas cherché à avoir de leurs nouvelles.

---

1. Maladie contagieuse et mortelle dont la propagation est favorisée par d'effroyables conditions de vie. De nombreux détenus des camps de concentration en sont morts.

Il lui semblait qu'elle avait tout perdu. Il lui semblait que le passé s'était effacé de son histoire. Le seul passé qui surnageait 2285 _ parfois, comme un miracle estival, un rayon vert sur l'horizon de sa mémoire, c'étaient les religieuses de Taubhof.

Elle a pris un train et puis un autre, et enfin le petit train essouf-flé qui l'a déposée dans la minuscule gare au milieu des champs. Elle s'est engagée à pied sur la route poussiéreuse, épuisée et titu-2290 _ bante, avant d'être prise par un automobiliste. Le soleil disparais-sait déjà derrière les arbres.

En traversant la forêt, elle a senti la fraîcheur du soir à travers la vitre ouverte, et puis vu se lever l'étoile du Berger au sortir du sombre couvert de la futaie[1]. On était en septembre. Elle a 2295 _ demandé à être accueillie comme réfugiée dans la congrégation des sœurs. Lentement, elle s'est remise sur pied.

Elle a passé là les derniers mois de la guerre.

En mai 1945, le miracle du ciel étoilé s'est renouvelé sans qu'elle s'y attende. Celui qu'elle avait déjà connu, en ce même lieu, à cette 2300 _ même saison, six années auparavant, et qui s'était très doucement effacé du tableau de ses souvenirs.

Comme si cette vaste clairière en plein bois était empreinte d'une magie particulière, qui échappait à la roue du temps et au destin commun.

2305 _ Comme un mystérieux effet de miroir réfléchissant à l'infini un destin particulier. Le sien.

Un soir qu'Elisa dînait avec les sœurs, on a frappé, la porte s'est ouverte, un homme s'est présenté. Il souriait, a demandé à voir Elisa. Il venait de France où il avait débarqué un an auparavant 2310 _ comme soldat américain sur les plages de la Libération.

---

1. Groupe d'arbres.

Comment avait-il su qu'elle se trouvait là ? Comment avait-il traversé la guerre ? On ne sait pas.

C'était Léo.

Il venait la chercher.

Quand il l'a prise dans ses bras, elle a su que, dans la nuit de sa mémoire meurtrie, elle n'avait jamais douté de cet instant-là.

La guerre était finie.

JE DÉCOUVRE

NOUS AVONS LA PAROLE

J'ANALYSE

PAGE
120

LE
DOSSIER

PROLONGE-
MENTS

PAGE
156

JE DÉCOUVRE

Les personnages
de *Mon amie, Sophie Scholl*

La famille Scholl

LES RÉSISTANTS

M. et Mme Scholl
Inge
Werner

Les religieux

Le père Brunner
Les religieuses
de Taubhof

La Rose blanche

Sophie
Hans
Alex Schmorell
Willi Graf
Kurt Huber
Christl Probst

Elisa

LA FAMILLE D'ELISA

Les
parents
Dolly

Elisa
Thomas
Oncle
Rolf

Léo

Victimes du nazisme

- Mme Grynstein
- Elisha
- docteur Bernheim
- Léo
- Irme
- La compagne de l'oncle Rolf

Les logeuses

... À Munich   ... À Kassel :
                          Greta

UNE FRÉQUENCE D'ÉCRITURE CHAOTIQUE

1943   (3 mois et 5 jours)

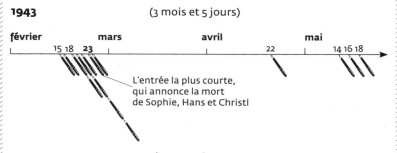

L'entrée la plus courte,
qui annonce la mort
de Sophie, Hans et Christl

LES VILLES OÙ ELISA ÉCRIT SON JOURNAL

Entretien avec Paule du Bouchet

Étiez-vous une grande lectrice étant enfant?

Je n'étais pas une lectrice compulsive mais j'ai grandi dans une famille où la lecture et l'écriture étaient centrales, où il n'y avait ni la télévision ni même la radio… Les livres ont donc pris très tôt une place importante dans ma vie. Je me souviens d'étés entiers imprégnés par un auteur ou un titre. Il y a eu l'été *Comédie humaine*, l'été *Guerre et Paix*, l'été Romain Rolland… De plus, notre père nous lisait souvent ce qu'il aimait, à voix haute. Il nous a ainsi fait découvrir et aimer des œuvres vers lesquelles nous n'aurions pas été portés naturellement. Cela peut paraître étrange aujourd'hui, mais j'apprécie «à retardement» certains textes qui me paraissaient alors incompréhensibles. Enfants malicieux, nous riions de poètes, de philosophes, de Grecs anciens et chenus, d'entomologistes comme Fabre, qui me sont devenus limpides à cinquante années de distance. C'est aussi cela, la magie de la lecture : ce contretemps, cet anachronisme nécessaire que la vitesse et le temps haché contemporains rendent presque impossible.

Que représente la littérature pour vous?

Elle est indissociable de mon enfance. Il n'y a pas de littérature sans nature, sans observation, sans promenades, sans disputes, sans lettres attendues et envoyées, sans fleurs, sans conversations infinies, sans cailloux et sans orages de grêle. Mes premières années ont été pétries de toutes ces choses. La littérature était un élément de ce tout – nous lisions des histoires, le soir, sous des ampoules souvent tremblantes – mais elle n'était pas en elle-même plus importante que les fleurs, les repas, les orages, les lettres que nous écrivions sous la même lampe…

Vous êtes éditrice : comment concevez-vous ce métier?

C'est un métier foisonnant de plaisirs simples – comme celui de «transmettre», de mettre à disposition du plus grand nombre des textes que l'on admire –, ainsi que de très grandes joies : celle, par exemple, de recevoir des retours, des témoignages que notre message a touché quelques individus. Un seul lecteur conquis est déjà un accomplissement! Mais c'est aussi un travail difficile, où l'on connaît de grandes frustrations. En effet, alors que l'on place beaucoup d'espoirs dans chacune de nos publications, certaines passent inaperçues, sans que l'on sache vraiment pourquoi : les choix du public sont toujours mystérieux!

Comment avez-vous connu Sophie Scholl?

J'ai découvert Sophie Scholl il y a une quinzaine d'années, dans le merveilleux film de Marc Rothemund, *Sophie Scholl, les derniers jours*. Son histoire m'a ébloui, tant par la jeunesse et l'abnégation des deux personnages principaux (si jeunes et si beaux!) que par la force de leur conviction. Et dans ces cas-là, on ne peut s'empêcher de se demander, plus ou moins consciemment : « Et moi? Qu'aurais-je fait, moi?» Je crois que l'on ne peut pas avoir de réponse à une pareille question, posée hors de tout contexte. Nous sommes incapables d'imaginer ce que pouvait être la réalité de leur situation. Une chose est sûre : personne n'est «naturellement» un héros. Les «Justes parmi les nations» étaient avant tout des personnes qui ont fait ce qu'elles pensaient devoir faire. C'est tout. Si simple, et si complexe. Sophie et Hans Scholl, eux aussi, ont fait ce qu'ils pensaient être leur devoir.

L'histoire de ces jeunes résistants est exemplaire parce qu'elle fait réfléchir à un moment de l'histoire où l'on devait s'armer de courage pour prendre parti, fortement, et au péril de sa vie. Mais elle nous conduit aussi à une réflexion sur la vaillance, la loyauté, l'engagement, l'empathie. À travers le personnage d'Elisa, j'ai voulu montrer quelqu'un qui n'a pas, justement, l'audace d'agir comme le font ses amis. Elle me paraît pourtant tout aussi forte, humaine et sensible que les autres. Je crois que je la trouve, avec ses faiblesses, plus attachante encore.

Le vrai/faux

- *Pour Paule du Bouchet, la littérature est la chose la plus importante qui soit.*
- *Son seul métier est d'écrire des romans.*
- *Enfant, elle adorait regarder la télévision.*

Retour dans le passé : le lecteur contemporain de *Mon amie, Sophie Scholl* – Chloé, une jeune fille de quinze ans

Je viens d'achever ma lecture. Que d'émotions ! Je ne connaissais pas Sophie Scholl, **cette farouche résistante au régime nazi** qui a payé de sa vie les idées qu'elle défendait. J'ai découvert qu'elle avait réellement existé. Arrêtée pour avoir distribué des tracts anti-Hitler à l'université, elle a été condamnée à mort en même temps que son frère Hans. Les nazis voulaient faire un exemple : Sophie Scholl a été guillotinée sans jamais fléchir. Quel courage ! Avec ce roman, on plonge véritablement dans l'Allemagne des années 1940. Je connaissais déjà le sort qui avait été réservé aux Juifs. Par contre, je ne me doutais pas de la violence avec laquelle avaient été traités les opposants politiques. On comprend très bien ici comment une dictature s'impose par la terreur, et **de quelle bravoure ont dû faire preuve ces jeunes idéalistes** marchant à contre-courant de leur société.

On lit en fait le journal intime de la meilleure amie de Sophie, Elisa. Ce personnage n'a pas vraiment existé ; c'est l'auteure qui l'a créé. Je trouve que la forme du journal est une bonne idée : cela me rapproche d'Elisa. En lisant la vie de cette jeune fille, j'ai eu peur avec elle. Je comprends bien ses réticences à se lancer dans les activités de la Rose blanche. Le réseau prend de grands risques, tout peut basculer du jour au lendemain. C'est d'ailleurs cette tension qui rend **la lecture palpitante** : on vit avec la narratrice l'attente, les arrestations, les fuites et les disparitions… Elle ne cesse de remonter le temps pour nous raconter le passé des différents personnages. Ces allers-retours entre le passé et le présent sont parfois un peu difficiles à suivre, mais ils épousent le chemin sinueux de la mémoire. Il faut s'accrocher : ils apportent des éclaircissements importants.

Elisa m'a beaucoup touchée parce que je la comprends. Il est difficile de côtoyer un groupe de résistants quand on hésite soi-même à s'engager. Sans le souhaiter, elle vit en fait dangereusement. Son amour pour un jeune Juif, Léo, qui a été contraint de fuir, lui cause beaucoup d'angoisses. Jusqu'à la fin, j'ai attendu de savoir ce qui lui était arrivé et si tous deux allaient finir par se retrouver.

J'étais très émue en refermant mon livre. J'ai pensé à toutes les victimes innocentes de ce régime raciste et xénophobe, comme le petit Elisha, contraint d'être caché pour survivre… On m'a parlé du devoir de mémoire en classe, je comprends maintenant **pourquoi il est si important de ne pas oublier** : si tout recommence un jour, Sophie et ses amis seront morts pour rien. La jeunesse de ces héros qui se sont battus contre la tyrannie et pour la paix et la justice ne peut pas laisser indifférent. J'ai quasiment le même âge qu'eux ! Et aujourd'hui encore, une question troublante se pose : dans de telles circonstances, comment aurais-je agi ? Comme Sophie ou Hans, me serais-je lancée à corps perdu dans la lutte ? Ou, comme Elisa, aurais-je hésité ? Serais-je restée en retrait ? On serait tenté de se donner le beau rôle, mais encore faut-il avoir le cran de risquer sa vie pour ses idées…

Le vrai/faux

- *Elisa a réellement existé.*
- *Le groupe de résistants dans lequel œuvre Sophie s'appelle «la Rose rouge».*
- *Léo, Elisha, Sophie et Hans ont été persécutés parce qu'ils étaient juifs.*

Ce qu'il s'est passé du vivant de Sophie Scholl (1921-1943) en Allemagne

3 septembre : L'Allemagne vient d'envahir la Pologne ; la France et la Grande-Bretagne lui déclarent la guerre.
Octobre : Hitler ordonne l'euthanasie des malades mentaux.

26 avril : Création de la Gestapo.
14 juillet : Le NSDAP, le parti de Hitler, devient unique. Tous les autres sont interdits.

16 mars : Hitler rétablit le service militaire obligatoire. L'Allemagne se dote d'une armée.
15 septembre : Congrès du NSDAP à Nuremberg : proclamation des lois anti-juives.

1933 ····· **1933** ····· **1934** ····· **1935** ····· **1938** ····· **1939** ·················

30 janvier : Hitler devient chancelier. Il obtient les pleins pouvoirs trois mois plus tard.

12 avril : Décret Schutzhaft qui permet l'emprisonnement de tout opposant au régime de façon arbitraire.

9-10 novembre : Nuit de Cristal : 91 morts, 191 synagogues détruites, 7500 commerces juifs saccagés.

ASTUCE
65 millions : C'est l'estimation des pertes humaines pendant la Seconde Guerre mondiale. C'est comme si l'on avait éliminé toute la population française…

ET PENDANT CE TEMPS-LÀ, UNE GUERRE « MONDIALE »

Septembre : Albert Einstein fuit le régime nazi et émigre aux États-Unis.

23 octobre : À El-Alamein, en Égypte, l'Afrikakorps du général Rommel recule devant l'armée britannique.

1933 ········· **1941** ········· **1942** ········· **1943** ·········▶

7 décembre : Attaque surprise de Pearl Harbor par le Japon : les Américains déclarent la guerre au Japon.

3 juin : Alger devient le siège du gouvernement provisoire de la France libre dirigé par le général de Gaulle.

---

20 janvier : La « solution finale » : mise en place du plan d'extermination systématique de tous les Juifs européens.

22 février : Exécution de Sophie et Hans Scholl et de Christl Probst.

22 juin : Opération Barbarossa : début de la campagne de Russie.

1940 ···· **1941** ···· **1941** ···· **1942** ···· **1943** ···· **1943** ·········▶

10 mai - 22 juin : Blitzkrieg (« guerre éclair ») : vaste offensive allemande qui soumet les Pays-Bas, le Luxembourg, la Belgique et le nord de la France.

1er septembre : Port de l'étoile jaune obligatoire en Allemagne pour les Juifs.
14 octobre : Début de la déportation des Juifs allemands.

31 janvier : Sur le front russe, défaite allemande à Stalingrad.
18 février : Goebbels, ministre de la Propagande nazie, appelle à la lutte sans merci et proclame la « guerre totale ».

Les origines de *Mon amie, Sophie Scholl*

La jeunesse des personnages

La jeunesse a toujours interpellé Paule du Bouchet. **Bon nombre de ses romans se construisent autour de jeunes héroïnes vivant une période historique trouble**, comme la guerre. Dans *Chante, Luna* (2004), elle raconte la lutte pour la survie de Luna, une jeune Polonaise d'origine juive, dans le ghetto de Varsovie. De même, *Paris occupé* (2005) évoque le quotidien d'Hélène Pitrou, une jeune fille française dont les parents sont résistants.

Le personnage de Sophie Scholl, son énergie, sa fougue, son intuition et son caractère jusqu'au-boutiste, ne pouvaient alors que toucher notre auteure. La lecture de ses *Lettres et carnets*, parus en 2008, a constitué un terreau fertile à l'éclosion de *Mon amie, Sophie Scholl*.

Un attrait pour des personnalités

Paule du Bouchet aime dépeindre des caractères, héroïques bien sûr, mais pas seulement. Elle a toujours été intéressée par les traits de personnalité que l'on pourrait qualifier d'**«antihéros»**. Ainsi, dans *Mon amie, Sophie Scholl*, l'héroïne du livre est, de façon évidente, Sophie, avec son caractère fort et sa détermination à toute épreuve qui forcent l'admiration. Mais la narratrice, Elisa, avec ses peurs, ses atermoiements, ses hésitations et ses lâchetés – avec toute son humanité en somme –, constitue **la colonne vertébrale du roman**. L'écriture éclaire Sophie à la lumière d'Elisa, et inversement.

Pour Paule du Bouchet, un héros ne le devient véritablement que lorsqu'il passe à la postérité. Dans le temps de son présent, il est quelqu'un d'autre. Un être de chair et de sang. C'est cet être-là qui l'intéresse.

Le choix d'une écriture introspective

Ce n'est pas la première fois que Paule du Bouchet utilise la forme du journal intime pour composer un roman. Elle y a déjà eu recours pour *Le Journal d'Adèle* (2007), qui raconte le quotidien d'une jeune fille, vivant à la campagne, pendant la Première Guerre mondiale, ou pour *Au temps des martyrs chrétiens* (2007), qui se passe à Lugdunum (Lyon), au IIe siècle apr. J.-C.

Paule du Bouchet pense que l'on ne peut parler du monde que **par rapport à soi-même**. Il faut donc dire «je», même quand ce n'est pas le sien. Ainsi, elle met sa plume au service d'une narratrice. En se glissant dans sa peau, elle peut percevoir l'individu – même fictif – dans ce qu'il a de plus intime.

Les mots ont une histoire

Le contexte historique : le nazisme

Aryens : à l'origine, les Aryens forment un peuple nomade de l'Antiquité, d'origine perse, qui envahit le nord de l'Inde. On les considère comme étant l'origine ethnique des peuples indo-européens. Certaines doctrines racistes, comme le nazisme, se sont emparées de ce terme pour désigner leurs descendants présumés et en faire les représentants d'une «race» blanche, pure et supérieure.

Croix gammée : Hitler se sert de ce motif pour symboliser sa doctrine aryenne. Pourtant, à l'origine, cette croix, appelée *svastika* en langue sanskrite, n'a rien d'idéologique. Elle est encore utilisée aujourd'hui en Asie et possède de nombreuses significations religieuses, pour les bouddhistes et les hindouistes notamment.

Einsatzgruppen : «groupes d'intervention» qui suivent la progression de la Wehrmacht sur le front de l'Est. Ils étaient chargés de tuer les civils juifs, les communistes et tous types de dissidents sur les territoires nouvellement conquis.

Führer : en allemand, ce mot signifie «le guide». Hitler s'empare de ce titre en 1934 et montre ainsi quel rôle il compte tenir en tant que dirigeant de l'Allemagne.

Gestapo : créé en 1936, ce terme combine les initiales de ***Ge**heime **Sta**ats**po**lizei*, et désigne la police secrète d'État du IIIe Reich – *geheim* signifiant «secret», *Staat* «État» et *Polizei* «police».

Jeunesses hitlériennes : en allemand, *Hitlerjugend* (abrégé «HJ»). Fondée en 1926, cette organisation vise à former une jeunesse au combat et à la convaincre de la supériorité de la race aryenne. Les membres des Jeunesses hitlériennes portent des uniformes bruns, comme ceux du parti nazi. En 1936, on dénombre plus de cinq millions de membres. L'enrôlement devient officiellement obligatoire en 1939 et concerne tous les enfants à partir de dix ans. Les garçons sont formés à devenir de bons soldats, les filles de bonnes mères et épouses.

Nazisme : ce nom est issu de la contraction de deux syllabes contenues dans l'allemand **Na**tionalso**zi**alisme. Cette idéologie, définie par Hitler, est fondée sur le rejet de la démocratie, le racisme et l'antisémitisme.

Wehrmacht : ce terme – «force armée» en allemand – est utilisé pour désigner l'armée allemande entre 1935 et 1946 (date de sa dissolution officielle). Elle est composée de l'armée de terre, la *Heer*, de l'armée de l'air, la *Luftwaffe*, et de la marine de guerre, la *Kriegsmarine*.

Être résistant

Pleutre : c'est ainsi que l'oncle Rolf qualifie les parents d'Elisa. Ce mot, qui viendrait du flamand *pleute*, «le chiffon», désigne un homme sans courage, un lâche. Il sonne ici comme une insulte : les pleutres sont ceux qui préfèrent adhérer aux idées du nazisme, par conformisme et pour leur tranquillité, plutôt que de se révolter et d'entrer en résistance à leurs risques et périls.

Polycopier : comme son étymologie l'indique, c'est le fait de copier un document en plusieurs exemplaires. Le terme a été inventé en 1920, au moment où l'on mettait en œuvre divers procédés de reproductions graphiques par décalques.

Ronéotyper : ce verbe a été créé à partir du nom donné à une machine, la **«ronéo»**. Inventée en 1921, elle permettait de reproduire un texte écrit à la main grâce à un «stencil» (un papier recouvert d'une couche de paraffine). Les membres de la Rose blanche utilisent ce procédé pour polycopier leurs tracts.

Terroriste : tout est une question de point de vue! Pour la Gestapo, les résistants sont des opposants au régime. Elle les considère donc non pas comme des hommes et des femmes courageux prêts à se sacrifier pour la liberté du peuple allemand, mais plutôt comme des traîtres et des terroristes, capables de saboter l'action du IIIe Reich et la cohésion de la nation allemande.

Tract : ce mot vient de l'anglais *tract*, qui désigne d'abord un traité, un ouvrage sur un sujet donné. C'est au XVIIIe siècle qu'il prend le sens de document de propagande ou d'information à caractère politique, religieux ou publicitaire.

Le langage des fleurs

Crocus : plante issue d'un bulbe qui fleurit en automne ou à la fin de l'hiver. On trouve dans ses fleurs violettes ou jaunes (ou des deux couleurs mélangées) un aromate bien connu : le safran.

Cytise : plante de montagne. Arbrisseau au bois très dur dont les fleurs jaunes se déploient en grappes. Les chèvres en raffolent !

Églantine : fleur de couleur rose pâle. **L'églantier** est un rosier sauvage. Il symbolise l'amour. On dit que ses épines s'adoucissent lorsqu'on lui confie un message d'amour à livrer.

Lilas : arbuste avec des fleurs disposées en grappes très odorantes. Plus souvent de couleur mauve, il peut aussi être blanc. C'est le cas de celui du jardin en friche du docteur Bernheim.

Marguerite jaune : fleur que porte Sophie sur sa robe rouge.

Pervenche : le nom de cette fleur viendrait du latin *vinca pervinca*, une formule magique créée à partir du verbe *vincere*, «vaincre». La pervenche était réputée pour soigner de nombreux maux. D'autre part, elle symbolise les souvenirs heureux.

Salicaire : plante que l'on trouve dans les zones marécageuses. En haut de sa tige, la fleur, de couleur pourpre, ressemble à un épi.

Seringa : arbuste aux fleurs blanches, dont on tire un puissant parfum. Mme Scholl l'apprécie particulièrement.

Exercices

1 L'expression des sentiments

1. Les personnages du roman vivent avec la peur chevillée au corps.
a) Tous ces mots expriment la peur. Classez-les selon leur intensité : peur – terreur – frayeur – effroi – inquiétude – épouvante – panique.
b) Quelles figures de style trouve-t-on dans ces expressions : « la peur qui nous a étreints » (p. 49) et « la marée galopante de la peur » (p. 71) ?

2. Faux amis. On classerait bien « frayeur » et « effrayer » dans la même famille de mots. Et pourtant, il n'en est rien ! Menez l'enquête : précisez l'étymologie de ces deux termes.

3. Expressions toutes faites. Quelles émotions traduisent les manifestations physiques suivantes : « avoir la gorge nouée » (p. 8), « les mains moites » (p. 13), « le cœur qui bat la chamade » (p. 31) et « sangloter tout son soûl » (p. 77) ?

4. Pitié et mépris.
a) Quel sens donnez-vous à « pitoyable » dans ces deux extraits : « Nous étions un peu pitoyables, mortes d'inquiétude, tout en essayant de faire bonne figure » et « les efforts de mes parents pour regagner la confiance de leurs concitoyens me paraissaient pitoyables » ?
b) Donnez quatre adjectifs appartenant à la famille de « pitoyable ».

2 Étymologie : du latin, du grec... et de l'allemand !

1. Le latin et le grec : les langues sources

Voici quelques mots tirés de notre roman : anesthésie – symphonie – hypertrophié – vociférer – hypocrisie – optimiste – pessimiste.

a) Cherchez-les dans le dictionnaire et précisez leur sens.

b) Classez-les selon leur origine grecque ou latine.

c) Que signifient les préfixes *hyper-* et *hypo-* en grec ancien ?

d) Donnez trois exemples de mots français contenant ces préfixes.

2. L'allemand et le français : deux langues qui *trinquent* ensemble !

L'Allemagne et la France étant proches géographiquement, leurs langues se sont mutuellement enrichies au fil du temps.

a) Quelle est l'étymologie allemande ou germanique de « saisir », de « trinquer » et de « rafle » ?

b) À l'inverse, l'allemand a emprunté de nombreux mots au français. Cherchez comment l'on dit en allemand : la bravoure, le courage, l'engagement, fidèle, le concierge, bombarder, la troupe.

3 Polysémie

On dit d'un mot qu'il est polysémique quand il a plusieurs sens.

1. Dans les deux phrases suivantes, montrez que le mot en gras est polysémique.

– « Sa bouche tremblait légèrement, sa voix était blanche, sans **timbre**. » (p. 64)

– « [Sophie] souhaitait éviter toute rencontre avec mon père qui n'avait de cesse de l'**entreprendre** sur le Führer. » (p. 29)

2. Sens propre, sens figuré

a) Qu'est-ce qu'une « gangrène » au sens propre ?

b) Que signifie alors le mot, au sens figuré, dans cette phrase : « les Juifs étaient une gangrène qui pourrissait la société allemande » (p. 42) ?

4 Le langage des fleurs

1. On dit que les fleurs ont un langage. Selon leur variété ou encore leur couleur, elles délivrent un message à celui ou celle qui les reçoit. Menez donc l'enquête et reliez chaque fleur à son message.

Camélia	•	•	Amour secret
Chèvrefeuille	•	•	Égocentrisme
Narcisse	•	•	Amour absolu et éternel
Réséda blanc	•	•	Infidélité
Rose rouge	•	•	Fidélité et longévité
Rose jaune	•	•	Amour sincère et solide

2. Que signifie l'expression « avoir un langage fleuri » ? Et « faire florès » ?

3. Imaginez quatre phrases reprenant les expressions suivantes : « arriver comme une fleur », « faire une fleur à quelqu'un », « être dans la fleur de l'âge », « se lancer des fleurs ».

4. Donnez la signification de ces expressions : « jeter des marguerites aux pourceaux », « pousser mémé dans les orties », « envoyer quelqu'un sur les roses », « le chardon gagne à fréquenter la rose ».

5. « Le colchique couleur de cerne et de lilas » ; « l'aurore aux doigts de rose » ; « mignonne, allons voir si la rose… » ; « les Fleurs du mal »… À quels auteurs ces fleurs poétiques appartiennent-elles ? Homère, Apollinaire, Baudelaire ou Ronsard ?

Les noms propres sont porteurs de sens

Alex Schmorell (1917-1943) : Alexander Schmorell est étudiant en médecine et un ami intime de Hans. Ils rédigent ensemble les quatre premiers tracts diffusés par la Rose blanche. Arrêté et jugé le 19 avril 1943, il est guillotiné le 13 juin 1943.

Christl Probst (1919-1943) : Christoph Probst est étudiant en médecine. Sa situation familiale (marié, trois enfants) n'attendrit pas la Gestapo lors de son arrestation, quelques heures après celle des Scholl. Il est jugé et exécuté en même temps qu'eux.

Elisa : la narratrice de notre roman est fictive. Cependant, son prénom n'est pas sans rappeler celui de Lisa Remppis, une amie très proche de Sophie. Elles entretenaient une abondante correspondance[1].

Hans Scholl (1918-1943) : fils aîné de la famille Scholl. Quand Hitler arrive au pouvoir, Hans a 15 ans. Il adhère d'abord avec enthousiasme à l'idéologie nazie et participe aux Jeunesses hitlériennes, malgré les réticences paternelles. Mais la restriction progressive des libertés finit par le dégoûter du régime. Après avoir vécu la prison, puis le front russe, il crée la Rose blanche. Le 18 février 1943, sur dénonciation du concierge, il est arrêté avec sa sœur Sophie, pour avoir laissé des tracts dans les couloirs et les escaliers de l'université. Quatre jours plus tard, après un simulacre de procès, ils sont condamnés à mort et exécutés.

Rose blanche (*Die Weiße Rose* en allemand) : groupe de résistants allemands fondé en juin 1942 et composé de six membres : Hans et Sophie Scholl, Willi Graf, Kurt Huber, Christoph Probst et Alexander Schmorell. Tous payent cher leur engagement contre le régime de Hitler : ils meurent en 1943, sans réels procès. Ils menèrent leurs actions à Munich et dans les villes alentour. Leur

---

1. Voir le « Groupement de textes », p. 158.

objectif : dénoncer le régime nazi et le faire savoir, par le biais de tracts ou d'inscriptions sur les murs.

Sophie Scholl (1921-1943) : avec ce prénom d'origine grecque signifiant « la sagesse », Sophie était prédestinée à étudier la philosophie ! D'abord séduite, comme son frère, par le nouveau régime de Hitler, elle se rend rapidement compte de ses aberrations. Catholique convaincue, elle ne peut que se révolter face à la dictature nazie. Partie d'Ulm où vit sa famille pour faire ses études à Munich, elle rejoint le groupe de la Rose blanche. Elle est guillotinée à 21 ans, pour ses faits de résistance.

Willi Graf (1918-1943) : étudiant en médecine et catholique très investi, Sophie dit de lui : « Quand il a une opinion, on sent qu'il donnerait sa vie pour la défendre. » C'est ce qu'il fit : jugé et condamné en même temps que Kurt Huber et Alexander Schmorell, il est exécuté le 12 octobre 1943.

Hans et Sophie Scholl, membres du mouvement de résistance de La Rose blanche, vers 1940. Photo © Photo12 / Picture Alliance.

Dernières observations avant l'analyse

On pourrait définir **le journal intime comme le récit quotidien** fait par un diariste de sa vie publique et privée. Celui qui écrit a peu de recul sur les événements qu'il vit : il les consigne dans son cahier, au gré de ses émotions et de ses envies. Du point de vue de la forme, le journal intime se caractérise par la date liminaire précisant le moment de l'écriture et par l'omniprésence du «je».

Le journal intime est une forme d'écriture plutôt récente. Le XVIIIᵉ siècle voit la naissance de l'autobiographie moderne. Avec les *Confessions* de Rousseau, la littérature prend comme objets le moi et l'intime. On s'autorise à raconter sa vie, les événements qui l'ont marquée, et à analyser son comportement, son caractère et ses émotions. Au XIXᵉ siècle, des auteurs comme Stendhal se mettent à tenir un journal. L'écriture cherche à saisir l'instant présent ; l'auteur se raconte au quotidien, de façon spontanée et naturelle. L'expression se veut alors plus relâchée, plus authentique. À partir de la seconde moitié du siècle, les premiers journaux paraissent et connaissent un succès retentissant. Le genre s'épanouit au siècle suivant et certains écrivains, à l'image d'André Gide, publient eux-mêmes leur journal de leur vivant.

L'écriture d'un journal intime survient le plus souvent quand **l'identité du sujet se voit mise en danger** ou se trouve dans une situation de vulnérabilité. Le cahier dans lequel le diariste couche les événements vécus, ses réactions et ses émotions constitue alors un espace protégé où il peut retrouver le calme et s'examiner à loisir. Les expériences de détresse, de crises individuelles (affective, spirituelle, intellectuelle) ou collectives, comme la guerre, déclenchent souvent l'écriture. Le *Journal* d'Anne Frank, par exemple, répond à ces conditions particulières. Le journal de cette jeune Juive, enfermée de longs mois et qui n'a finalement pas échappé aux camps de la mort, a ému le monde entier.

Avec *Mon amie, Sophie Scholl*, Paule du Bouchet s'inscrit dans une tradition littéraire, celle du journal intime. Rappelez-vous bien que celui-ci est fictif. Elisa, la diariste, n'a pas réellement existé. Son prénom évoque celui de Lisa Remppis, véritable amie intime de Sophie Scholl, avec laquelle elle a longtemps correspondu. L'écrivain a choisi cette forme particulière pour composer **un roman intimiste**, dans lequel le lecteur peut plonger dans la conscience de sa narratrice.

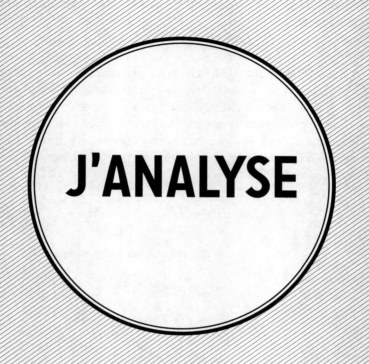

J'ANALYSE

Cherchez l'intrus

1 Quelles études Elisa fait-elle à Munich ?
Des études de dactylo.
Des études de médecine.
Des études de philosophie.

2 Pourquoi Elisa a-t-elle peur que ses amis se fassent arrêter ?
Parce qu'ils sont juifs.
Parce qu'ils sont résistants.
Parce qu'ils ont déserté.

3 Qui est Irme Mayer ?
La logeuse d'Elisa.
Une camarade de classe juive.
Une résistante de la Rose blanche.

4 Qu'éprouvent les parents d'Elisa quand Rolf disparaît ?
Du soulagement.
De l'angoisse.
De la joie.

5 Pourquoi Sophie et Hans sont-ils arrêtés ?
Parce qu'ils ont été dénoncés par le concierge de l'université.
Parce qu'ils ont écrit des graffitis sur les murs de la ville.
Parce qu'ils ont caché des Juifs chez eux.

6 Après l'arrestation des Scholl, parmi ces trois missions, laquelle Thomas ne confie-t-il pas à sa sœur Elisa ?

Prévenir les parents de Hans et Sophie.

Donner une valise au peintre Rudy pour qu'il s'enfuie.

Visiter Sophie en prison.

7 Qui est Else ?

Une prisonnière politique qui a partagé sa cellule avec Sophie.

L'étudiante qui a dénoncé Sophie.

Une résistante du groupe de la Rose blanche.

8 Quelle relation Elisa entretient-elle avec ses parents ?

Des liens de confiance.

De l'affection.

De la méfiance.

9 Dans quelle ville Elisa finit-elle par arriver ?

Munich.

Ulm.

Kassel.

10 Où Léo finit-il par retrouver Elisa ?

Dans son nouvel appartement à Paris.

À la congrégation des religieuses de Taubhof.

Chez des amis à Munich.

Au cœur de la phrase

1. *La phrase*

Une phrase commence par une majuscule et se termine par un point. C'est ce qui nous permet de l'identifier. Fonctionnant de façon autonome, elle propose une suite de mots constituant un sens. Elle peut parfois être constituée d'un seul mot : « Partons ! »

On distingue trois types de phrases :

- **La phrase verbale** construite autour d'un ou plusieurs verbe(s) conjugué(s) : « Rolf a fait sa valise en quelques instants, il est parti sans nous dire au revoir. » (p. 58)
- **La phrase non verbale**, qui ne contient pas de verbe conjugué : « Plutôt mourir ! » (p. 58)
- **La phrase nominale**, construite sans verbe, mais autour d'un nom : « Une Juive ! » (p. 59)

Exercices

Lisez les deux extraits suivants :
« *Sophie et Hans ont été arrêtés ce matin. C'est arrivé. L'impossible, l'impensable, bien que nous y pensions tous sans arrêt. Le pire. Arrêtés par la Gestapo. Pris sur le fait avec les tracts.* » (p. 12)
« *Je ne peux pas tout raconter. Les visages tournés vers le ciel. Les regards hébétés. Le silence impuissant. Le silence complice.* » (p. 26)

1. Classez les phrases dans un tableau à trois colonnes :

Phrases verbales	Phrases non verbales	Phrases nominales
[…]	[…]	[…]

2. Exprimer l'antériorité

Dans son journal, Elisa ne cesse de faire des allers-retours entre le présent – ce qu'elle est en train de vivre – et le passé. Elle raconte par exemple son histoire avec Sophie, ou encore les événements marquants de la vie de son oncle Rolf. C'est ce qu'on appelle **un retour en arrière, ou encore une analepse**. Quels éléments grammaticaux caractérisent ce procédé ?

Observons : « Il me semble que tout avait commencé un ou deux ans plus tôt. » La phrase commence au présent d'énonciation, « il me semble » ; elle se tourne ensuite vers le passé. Deux procédés expriment alors l'antériorité : le plus-que-parfait « avait commencé » et l'indice temporel « un ou deux ans plus tôt ».

Exercices

3. Les valeurs du conditionnel

Le conditionnel présent se forme **à partir du même radical que celui du futur**. On y ajoute ensuite **les terminaisons de l'imparfait**. Ce qui donne, par exemple, pour le verbe « parler » : *je parlerais, tu parlerais, il parlerait, nous parlerions, vous parleriez, ils parleraient*. On utilise le conditionnel pour :

– présenter un fait incertain (une supposition, un fait imaginaire, une éventualité) ;
– exprimer un fait soumis à une condition ;
– situer une action future dans un récit au passé.

Exercices

> **1. Dites à quel temps sont les formes verbales suivantes :** *nous courions – elles seront – ils entraient – il continuerait – il tirait – elle devrait – il servira.*
>
> **2. Dans les phrases suivantes, relevez les verbes au conditionnel présent et indiquez leur emploi :** *éventualité – futur dans le passé – fait imaginaire – condition.*
>
> « Elle m'assurait que quand la guerre serait terminée, je le retrouverais. » (p.45)
>
> « Si jamais ils étaient pris par la Gestapo, ils devraient payer de leur vie. » (p. 79)
>
> « J'entends d'ici Sophie me gronder, elle me dirait : "Elisa, ce n'est pas possible : tu ne peux pas être croyante quand tu es triste." » (p. 17)
>
> « Rolf, il y aurait une solution : inscris-toi au parti ! » (p. 57)

4. Le discours rapporté

Dans le roman, on peut faire entendre les paroles prononcées par les personnages. C'est ce qu'on appelle le discours rapporté. Trois options s'offrent à l'auteur.

1) Le discours direct permet de rapporter directement les paroles telles qu'elles ont été prononcées. Souvent, on l'indique par l'intermédiaire d'un verbe de parole (*dire, prononcer, répondre*…) placé liminairement ou en incise.

Par exemple (p. 5) : « Elle m'a dit :

– Tu es folle ! Tous nos appels sont sur écoute ! »

Les deux points introduisent le dialogue. Les guillemets ou les tirets permettent d'identifier le personnage qui parle. La ponctuation, par le recours au point d'exclamation par exemple, souligne l'oralité du ton, renforçant l'expressivité des phrases.

2) Le discours indirect ne rapporte pas directement les paroles prononcées. Le verbe de parole est ici aussi présent, mais il est complété par une proposition subordonnée introduite par « que ». Les guillemets et la ponctuation expressive disparaissent alors.

Ce qui donne : « Elle m'a dit que j'étais folle, que tous nos appels étaient sur écoute. »

Vous constaterez que les pronoms personnels ont changé, ainsi que le temps des verbes.

3) Le discours indirect libre ne rapporte pas directement les paroles prononcées. Il se passe également de verbe de parole.

Cela donne : « J'étais folle. Tous nos appels étaient sur écoute. »

Exercices

1. Transposez l'extrait suivant au discours indirect :
« – J'adore cette robe rouge, elle te va vraiment bien…
– Je me fiche de cette robe !
[…]
– Tu devrais quand même la mettre plus souvent…
– Mais bon Dieu… Qu'est-ce qu'ils font ? » (p. 6)
2. Transposez les phrases suivantes au discours direct :
« Je lui ai suggéré de téléphoner aux camarades. » (p. 5)
« Thomas dit qu'il faut être fort. » (p. 13)
« J'ai demandé à Greta s'il s'agissait du camp de concentration pour déportés politiques. » (p. 57)
3. Transposez les deux premières phrases de l'exercice 2 au discours indirect libre.

La construction du texte

1. Un journal intime fictif

Exercices

Lisez les pages 75 à 76, de «Nous nous sommes séparés à Ulm» à «Je veux être digne d'elle.»
1. *Donnez un exemple d'action, de pensée, de sentiment et de rêve raconté par Elisa.*
2. *Sélectionnez un passage qui montre sa parfaite sincérité et justifiez votre choix.*

En latin, *intimus* indique ce qui se trouve au plus profond de l'être et, en général, ce qui reste caché ou secret. Le journal intime, fictif ou non, centre son propos autour d'**un «je» omniprésent**. Dans notre roman, c'est Elisa qui parle et qui écrit. En ayant recours à ce moyen d'expression, Paule du Bouchet donne à son roman la possibilité d'entrer dans une conscience, d'examiner comment un personnage aux prises avec de sombres événements historiques compose, réfléchit, s'engage (ou pas!). Le journal est un «garde-mémoire».

2. Une chronologie complexe : épouser le temps...

Mon amie, Sophie Scholl obéit à une chronologie à multiples facettes. Tout d'abord, la progression de la lecture est ponctuée par des dates liminaires, qui correspondent au moment où Elisa écrit son journal. Ensuite, Elisa raconte les événements qu'elle vit au quotidien, du 15 février 1943 au 18 mai de cette même année. Enfin, la narration ne cesse de se plonger dans le passé pour éclairer l'actualité des événements vécus par la jeune fille.

Exercices

1. Parcourez l'ensemble du roman. Combien d'entrées (c'est-à-dire de textes datés d'un jour) comptez-vous ? Comment l'écriture du journal est-elle répartie dans le temps ?

2. Quel drame occupe la place centrale de ce récit ?

3. Établissez la chronologie des faits vécus par Elisa en complétant le tableau suivant :

Jeudi 18 février 1943	
Vendredi 19 février	
Samedi 20 février	
Mardi 23 février	
Mercredi 24 février	
20 avril	
22 avril	
14 mai	
16 mai	
18 mai	

… ou en triompher ?
L'analepse comme principe narratif

Paule du Bouchet utilise en permanence **l'analepse**, c'est-à-dire le retour en arrière, pour structurer les récits quotidiens d'Elisa. Par ce biais, le lecteur suit les méandres de ses souvenirs. Il a d'ailleurs l'impression d'accompagner les pensées de quelqu'un de bien réel, qui laisse son esprit divaguer pendant l'écriture de son journal intime. Mais ce n'est pas le cas. Même si l'irruption des souvenirs peut vous paraître anarchique, celle-ci résulte d'une véritable construction narrative. Une lecture attentive montre qu'on peut reconstituer ainsi le passé des autres personnages du roman.

Exercices

1. Reconstituez le parcours de Léo, jeune homme juif.
   a) Reliez les dates aux événements correspondants :

mars 1938
juillet 1938
automne 1938
été 1939
septembre 1939
1941
mai 1942
mai 1945

- Décès de sa mère.
- Léo fait ses adieux à Elisa et part pour la France.
- Léo retrouve Elisa définitivement.
- Interdiction pour les Juifs d'exercer la médecine. Le père de Léo, médecin, quitte Munich.
- Rencontre avec Elisa et début de leur histoire d'amour.
- Léo est en France.
- Léo se cache chez les religieuses de Taubhof.
- Dernière lettre de Léo, qui s'engage alors dans l'armée américaine.

   b) D'après vous, à quoi sert le parcours de ce personnage dans le roman ?

2. Identifiez les caractéristiques de l'analepse. Lisez le passage suivant : de «Je pense à elle, Herta» à «était là en permission.», p. 55-56.
   a) Quel élément permet au personnage d'Elisa de basculer dans le souvenir ?
   b) À quoi servent les points de suspension ?
   c) Identifiez les temps verbaux : que se passe-t-il entre les deux paragraphes ?

3. L'analepse permet d'expliquer les motivations des personnages à agir. Observons deux événements historiques. Complétez le tableau ci-dessous.

Fait historique (précisez-en les dates en vous aidant de la chronologie p. 106)	**Comment ce fait est-il évoqué dans le roman ?**	**Comment réagissent les personnages liés ou proches de la Rose blanche ?**
La Nuit de Cristal		
Le front de l'Est		

Ces analepses entrecroisent les histoires et les parcours de différents personnages. Ainsi, l'œuvre gagne progressivement en profondeur, chaque chronologie permettant d'apporter un nouvel éclairage et d'enrichir la caractérisation des personnages.

Caractérisation des personnages

1. *Des personnages aux prises avec leur environnement*

Dans ce roman, la richesse de la caractérisation des personnages tient aux rapports qu'ils entretiennent avec ce qui les entoure, non seulement leur environnement familier, mais aussi la nature. Ces rapports en disent long sur leur tempérament et leur façon d'évoluer dans le monde.

Exercices

1. Elisa est d'abord un personnage de l'intérieur. Son écriture s'attache souvent à décrire la chambre dans laquelle elle écrit. Son poêle reflète ses états d'âme. Complétez le tableau suivant :

Citation	Dans quel contexte ?	Reflet de quel état d'âme ?
« Le feu dans mon poêle ne tiendra que quelques heures et je n'ai presque plus de charbon. » (p. 3)		
« Les dernières braises rougeoient dans mon poêle, je commence à avoir froid. » (p. 4)		
« Je grelotte, mon poêle est en train de s'éteindre. » (p. 12)		
« Je devrais attiser les dernières braises de mon poêle. » (p. 12)		

Citation	Dans quel contexte ?	Reflet de quel état d'âme ?
« Le poêle est éteint de nouveau. » (p. 36)		
« Mon poêle ronfle, ma chambre est chauffée à nouveau. » (p. 62)		
« Mon réchaud à gaz fait de minuscules flammes vacillantes. » (p. 84)		

2. Sophie est davantage tournée vers l'extérieur. Son combat politique l'oblige à prendre des risques au-dehors. Mais elle reste aussi sensible à la nature, et notamment aux fleurs. Pourquoi ? Relisez les pages 36 et 37 pour répondre à cette question.

2. *Sophie*

Sophie incarne la figure héroïque du roman. Dès le début, l'auteure associe des images fortes à ce personnage pour marquer l'esprit du lecteur. C'est à travers celles-ci que l'on fait connaissance avec l'héroïne. Elles mettent en évidence sa grande force de caractère.

Exercices

1. Lisez les extraits suivants et relevez les images à l'aide desquelles Elisa décrit son amie. Classez-les dans un tableau à deux colonnes selon si elles sont des comparaisons ou des métaphores, puis expliquez-les.

« Elle est calme comme un lac de montagne avant l'orage, oui ! Le ciel se plombe, le lac change de couleur, le vent se lève et d'un coup

le lac se déchaîne. Sophie, je l'appelle "ma tempête de poche". Ça l'énerve ou ça la fait rire selon les jours. Mais ma Sophie, c'est aussi un ange de bonté et de gentillesse » (p. 4).

« Elle tournait en rond, comme un lion en cage. » (p. 5)

« À 10 h 30 ce matin, elle a toqué à ma porte, comme une petite souris. » (p. 8)

« Quand elle est soucieuse, elle est comme un petit animal sauvage. Surtout, ne pas la brusquer, il faut que les choses viennent d'elle. » (p. 8)

2. Quelle tenue de Sophie Elisa évoque-t-elle à plusieurs reprises ? À quoi l'associe-t-elle ?

3. Quels traits de caractère définissent le personnage de Sophie ? Donnez-en au moins trois et justifiez votre propos par des citations.

3. Elisa : l'anti-Sophie ?

Exercices

1. Quelle figure de style est utilisée dans cette expression : « La douceur et l'intelligence de Sophie étaient un rempart contre toutes mes peurs. » (p. 76) ? Que révèle-t-elle de la relation entre les deux personnages ?

2. À partir de quel moment Elisa n'a-t-elle plus peur ? Relevez une citation dans le roman qui le prouve.

Le personnage d'Elisa est en négatif de celui de Sophie. Elle est tout ce que Sophie n'est pas. Avec ses défauts, ses hésitations, elle est faite d'une chair peut-être plus humaine. Son amitié indéfectible apparaît comme le moteur de son parcours dans le roman.

Le personnage d'Elisa se construit par rapport aux autres. La romancière insiste sur son sentiment d'infériorité vis-à-vis de ses amis, d'où provient sans doute sa peur.

C'est d'ailleurs lorsque Elisa se retrouve seule que sa conscience s'affermit, et qu'elle trouve le courage d'affronter le monde et d'y prendre place.

Les intentions de l'auteur : mêler la petite et la grande histoire

1. Plonger le lecteur dans l'Histoire

Les romans traitant de la Seconde Guerre mondiale sont nombreux. Vous en avez sûrement déjà lu. Celui-ci, en nous plongeant dans les heures sombres de l'Allemagne du IIIe Reich, nous fait découvrir comment certains Allemands ont cherché à résister, et comment ce combat s'est révélé difficile et dangereux. Pour une fois, les Allemands ne sont pas simplement « l'occupant » : les membres de la Rose blanche affrontent leurs propres concitoyens, embrigadés et partisans de l'idéologie nazie.

Exercices

1. Le régime nazi oblige la jeunesse allemande à servir le pays. Qu'ont été contraints d'accomplir Hans et Thomas d'une part, Sophie et Elisa de l'autre ?
2. S'opposer au régime implique une vie clandestine et une culture du secret. Relevez trois exemples le prouvant dans le texte.
3. Les opposants au régime prennent de grands risques. Faites le bilan : à la fin du roman, combien de personnages ont survécu ?

2. Admirer Sophie

On admire un personnage parce qu'il a des qualités qui le distinguent des autres. Sophie trace son chemin sans jamais laisser le doute la gagner. Sa détermination sans faille, son jusqu'au-boutisme impressionnent tous ceux qu'elle croise dans le roman. De plus, il faut garder en tête que Sophie Scholl a réellement existé et affronté ces événements terribles, jusqu'à sa propre exécution. Cependant, Paule du Bouchet trace ici une belle destinée romanesque, laissant dans l'esprit du lecteur une marque durable.

Exercices

1. *Relisez les pages 16 et 17. Où Sophie puise-t-elle tout son courage ?*
2. *Retrouvez dans l'entrée du 22 avril 1943 le rêve que Sophie raconte à Else. Pourquoi peut-on dire que notre héroïne a une dimension visionnaire ?*
3. *Relisez les derniers instants de la vie de Sophie, pages 72 et 73. Qu'est-ce qui force l'admiration dans son attitude ?*

3. Montrer les difficultés de l'engagement

La détermination de Sophie a tout d'un roc inébranlable. Elisa, elle, ne semble pas taillée dans le même granit. C'est dans cette opposition que réside l'intérêt de l'œuvre : elle permet de montrer la complexité qu'il y a à s'engager dans la résistance. Certains – comme les membres de la famille Scholl – sont d'emblée convaincus par la légitimité et la nécessité de cet engagement, d'autres en sont incapables, ou s'y aventurent avec réticence – peut-être ont-ils davantage conscience des risques encourus. C'est tout le cheminement d'Elisa dans ce roman. La narration interne, par l'identification au personnage qu'elle implique, permet au lecteur de mieux comprendre les hésitations d'Elisa.

Exercice

Parcourez les entrées du 18 février 1943 à minuit, puis du 19 et du 20. Identifiez les moments où Elisa réalise la nécessité de résister au régime. À quels événements successifs ces prises de conscience sont-elles associées ?

Quelle vision de la société dans *Mon amie, Sophie Scholl* ?

Une société fracturée

Dans *Mon amie, Sophie Scholl*, Paule du Bouchet met en évidence la chape de plomb qui pèse sur la société allemande. On peut voir que la propagande nazie, essayant de contraindre chacun à la même idéologie, ne fonctionne pas sur tous. Ceux, peu nombreux, qui s'y opposent constituent une faille qui fragilise le pouvoir du IIIe Reich.

Exercices

1. Parmi les Allemands soumis au régime, certains sont plus zélés que d'autres. Combien de délateurs apparaissent dans le roman ? Qui dénoncent-ils ?
2. Pour quelles raisons les parents d'Elisa adhèrent-ils au nazisme ?

Des familles sous le IIIe Reich

Cette faille profonde qui scinde la société allemande en deux – ceux qui adhèrent au régime contre ceux qui s'y opposent – s'inscrit au cœur même du noyau familial. C'est le cas de la famille d'Elisa, par opposition à celle de Sophie, tout entière tournée vers la Résistance.

À la fin du roman, la famille d'Elisa n'en est plus vraiment une : Thomas l'a quittée depuis bien longtemps, Elisa a perdu toute confiance en ses parents, elle les méprise même et leur cache sa vie comme ses pensées, elle ne partage plus aucune complicité avec sa sœur cadette…

Exercices

1. À cause de quel personnage la famille d'Elisa se désintègre-t-elle ? Quels sont les deux groupes qui se constituent alors ?
2. Pour qui Elisa éprouve-t-elle de l'affection ?
3. Comment procède-t-elle alors pour redéfinir sa famille ?

La question juive

Le sort réservé aux Juifs sous le IIIe Reich est évoqué à travers différents personnages. De façon très habile, Paule du Bouchet présente dans son roman une variété de caractères, révélant la multiplicité des cas qui composent cette communauté. L'auteure évite ainsi tout cliché et montre que, quel que soit l'individu, il subit de plein fouet la violence extrême de l'idéologie nazie.

Exercices

1. Consultez la double page «Les personnages de Mon amie, Sophie Scholl», p. 100. Combien de personnages juifs apparaissent dans le roman ? Faites le portrait de chacun d'eux.
2. Quel personnage juif vous a le plus marqué(e) dans ce roman ? Justifiez votre réponse.

Résumons !

Voici 10 mots ou expressions que vous devez replacer au bon endroit dans ce résumé de Mon amie, Sophie Scholl : Kassel ; philosophie ; oncle Rolf ; 18 février 1943 ; Rose blanche ; dactylographie ; Munich ; Greta ; Léo ; nazisme.

Elisa habite à .... Elle fait des études de ...., tandis que sa meilleure amie, Sophie Scholl, étudie la .... Elles vivent un moment particulièrement sombre de l'Histoire : en 1943, l'Allemagne est en guerre contre de nombreux pays, et le gouvernement du IIIe Reich avec, à sa tête, Adolf Hitler, dirige d'une main de fer la société. Sophie, dont la famille est soudée dans la lutte contre ce régime, refuse de se soumettre au .... Avec ses camarades de la ...., un mouvement de résistants auquel participent également son frère, Hans, et Thomas, celui d'Elisa, elle lutte en éditant des tracts. Elisa, quant à elle, vit dans l'angoisse de voir les siens se faire arrêter : le garçon dont elle est amoureuse, ..., qui a dû fuir parce qu'il est juif et dont elle a très peu de nouvelles, ainsi que ses amis opposants, qui prennent des risques quotidiens. Pour autant, elle ne trouve pas la force de s'engager à leurs côtés.

Sophie et Hans sont arrêtés le ...., jugés sommairement puis exécutés quatre jours plus tard. L'arrestation puis la mort de son amie entraînent chez Elisa une prise de conscience : elle prend alors son courage à deux mains pour participer à la lutte. S'étant mise elle-même en danger, elle s'enfuit avec Thomas, qu'elle perd ensuite de vue. Après une escale de quelques semaines à Ulm où elle se rend compte du gouffre idéologique qui la sépare de ses parents, elle poursuit son chemin. Elle arrive finalement à ...., où elle sympathise avec sa logeuse, ... Celle-ci lui révèle le passé de son cher ...., chassé de sa famille pour avoir aimé une comédienne juive et mort en déportation. Alors qu'Elisa retrouve enfin confiance en quelqu'un, elle est arrêtée en même temps que Greta. Elles sont déportées dans le camp de femmes de Ravensbrück.

Malgré la mort de Greta, de Thomas et des derniers membres de la Rose blanche, la vie reprendra ses droits : libérée en février 1944, Elisa retrouvera, chez les religieuses de Taubhof, son cher Léo.

Exercices

LECTURE À LA LOUPE : L'INCIPIT
(du début à «faites qu'un de mes amis vienne ce soir!» p. 3)

Dans un roman, l'incipit doit répondre à des questions essentielles à la mise en place du récit. Répondez aux questions suivantes en relevant systématiquement un exemple.

1. Qui parle? Quel point de vue le récit adopte-t-il? Que sait-on de la narratrice?
2. De qui la narratrice parle-t-elle? Quelles informations l'auteure donne-t-elle sur les autres personnages?
3. Quand se déroule le récit? À quelle date? En quelle saison?
4. Où la narratrice vit-elle? Enquêtez un peu plus loin dans le texte : dans quel pays le récit se situe-t-il?
5. La narratrice écrit son journal intime. Relevez trois éléments qui le montrent.

LE FURET LECTEUR :
L'ENGAGEMENT EN QUESTION

(extrait 1 : de «Je n'ai jamais été capable de m'engager vraiment» à «cette matière solide, dure, courageuse, vaillante, dont sont faits les autres.» p. 14;
extrait 2 : de «Pourtant, c'est affreux à dire» à «qui se sent tellement seule!» p. 27;
extrait 3 : de «Au début, j'ai été comme une morte vivante» p. 71 à «j'en suis sûre.» p.72)

1. Les activités menées par les membres de la Rose blanche sont qualifiées de «travail de fourmi». En quoi cela consiste-t-il? Quelle figure de style l'auteure utilise-t-elle pour l'exprimer?

2. **a)** «Je ne comprends pas pourquoi je suis faite ainsi plutôt que de cette matière <u>solide</u>, <u>dure</u>, <u>courageuse</u>, <u>vaillante</u>, dont sont faits les autres» : donnez un antonyme à chacun des adjectifs soulignés.

   b) Pourquoi Elisa ne parvient-elle pas à s'engager?

   c) Quel rôle la peur joue-t-elle dans le comportement d'Elisa?

3. **«Entrer en résistance»**

   a) Quels événements amènent Elisa à prendre conscience de la nécessité de s'engager?

   b) Quel rôle le personnage de Sophie joue-t-il dans cette prise de conscience?

   c) Souvenez-vous et récapitulez : quels actes Elisa commet-elle en soutien au groupe de la Rose blanche? Sont-ce véritablement des actes de résistance? Justifiez votre réponse.

4. D'après vous, Elisa a-t-elle toutes les qualités d'une héroïne?

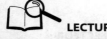

LECTURE À LA LOUPE : 19 FÉVRIER 1943
(de «Aujourd'hui, je regarde ma vitre givrée» p. 32 à «Il me semblait que tout le monde souriait.» p. 33)

1. Qui prend le train? Pourquoi? À quelle date ce voyage a-t-il lieu?
2. Quelle antithèse anime la première phrase de ce passage? Que permet-elle?
3. Relevez l'antithèse suivante. Que cherche-t-elle à mettre en évidence?
4. «C'était beau comme un miracle» : quelle est la figure de style utilisée ici? D'après vous, pourquoi Elisa dit-elle cela?
5. Comment le récit annonce-t-il les retrouvailles d'Elisa et Léo?

6. Dans le dernier paragraphe, quels sens se succèdent ? D'après vous, pourquoi est-ce important ici ?

7. Relisez l'épilogue à partir de « En sortant de l'hôpital, elle était encore très faible. » Montrez que la fin du récit fait écho au passage que vous venez d'étudier.

 **LE FURET LECTEUR :**

L'ONCLE ROLF, OU LE PARCOURS D'UN OPPOSANT POLITIQUE (extrait 1 : de « Ce soir d'hiver » p. 57 à « À cause de Sophie et à cause de Léo. » p. 60 ;

extrait 2 : de « En février 1939 » à « pitoyables. » p. 65 ;

extrait 3 : de « Voilà… Mon frère Kurt avait été tellement torturé » p. 88 à « il était fou de désespoir. » p. 90)

1. Lisez les trois extraits, puis rétablissez la chronologie des faits concernant le parcours de Rolf.

> - Rolf disparaît une seconde fois.
> - Première disparition de Rolf. Il s'est réfugié à Kassel, chez Greta, avec la femme qu'il aime, une comédienne juive.
> 1936
> début 1938
> février 1939
> mai 1939
> automne 1942
> - Mort de Rolf sous la torture et sous les yeux de son ami Kurt.
> - Rolf est arrêté puis déporté au camp de Flossenburg, destiné aux opposants politiques.
> - Rolf est renvoyé de l'université.
> - Six mois plus tard, la femme juive est arrêtée par la Gestapo. Rolf quitte Kassel.

2. Extrait 1

a) Pourquoi Rolf ne peut-il pas s'entendre avec les parents d'Elisa ? Sur quels points précisément ?

b) Pourquoi Rolf qualifie-t-il les parents d'Elisa de « pleutres[1] » ?

c) Que pensez-vous de l'attitude de la mère d'Elisa envers son frère ?

d) Comment l'épisode de ce « Plutôt mourir ! » a-t-il modifié les relations d'Elisa avec ses proches ? Relevez une phrase qui l'exprime.

3. Extrait 3

a) D'après Greta, qu'est-ce qu'un « pur » ? Pourquoi appelle-t-elle ainsi Kurt et Rolf ?

b) « Tu as en face de toi un homme malheureux, qui ne peut plus depuis longtemps faire semblant de ne rien voir et qui n'a pas encore pris le risque ultime : celui de se battre », disait Rolf dans l'extrait 2. Comment se traduit l'engagement de Rolf dans ce passage-ci ?

c) Elisa éprouve une affection toute particulière pour son oncle Rolf. Pourquoi ? Quels sont les points communs de leurs destinées respectives ? Et leurs différences ?

---

1. Voir « Les mots ont une histoire », p. 111.

Jeu de lettres : la phrase codée

Dans l'un de leurs tracts, les membres de la Rose blanche ont recopié un extrait du *Réveil d'Épiménide* de Goethe. À vous de le déchiffrer. Pour le lire, il va vous falloir trouver le code. Chaque voyelle a été remplacée par un signe, toujours le même. Attention : A et À, E et É, I et Î, U et Ù correspondent chacune à un signe différent. Sachant que ◇ = À et que ☺ = É, pouvez-vous lire ce texte ?

C♥ QU✿ ☺M♥RG♥ D♥ L'🖐B🖐M♥
P♥▲T PR♥NDR♥ F♥RM♥ V✿♥L♥NT♥,
♥T C♥NQA☺R♥R L🖐 M♥✿T✿☺ DA M♥ND♥ :
◇ L'🖐B🖐M♥ L♥ M♥L R♥T♥▲RN♥.
D☺J◇ RÈGN♥ L🖐 P♥UR,
L♥S D♥SP♥T♥S S♥NT P♥RD▲S.
♥T T♥▲S C♥UX QU✿ D☺P♥ND♥NT D♥ L🖐 F♥RC♥
M🖐▲V🖐✿S♥
D♥♥V♥NT 🖐▲SS✿ C♥NN🖐ÎTR♥ L🖐 M♥RT.
L'H♥▲R♥ ♥ST V♥N▲♥ ♥Ð J♥ R♥TR♥▲V♥
M♥S 🖐M✿S 🖐SS♥MBL☺S D🖐NS L🖐 N▲✿T
P♥▲R L♥ S♥L♥NC♥ S🖐NS S♥MM♥✿L,
ET L♥ B♥🖐▲ M♥T DE L♥B♥RT☺,
♥N L♥ M▲RM▲R♥, ♥N L♥ BR♥D♥▲✿LL♥,
J▲SQ▲'◇ L🖐 N♥▲V♥🖐▲TÉ ♥N♥▲ÏE :
S▲R L♥S D♥GR☺S D♥ N♥TR♥ T♥MPL♥
N♥▲S L♥ CR♥♥NS D🖐NS ▲N N♥▲V♥L ♥NTH♥▲S✿🖐SM♥ :
L♥B♥RT☺! L♥B♥RT☺!

A	À	E	É	I	Î	O	U	Ù
	◇		☺					

Le 20 sur 20

Avez-vous bien lu le roman et le dossier? Les 10 premières questions concernent *Mon amie, Sophie Scholl*, les 10 suivantes le dossier. Vous pouvez vous autoévaluer en vérifiant les réponses qui sont à l'envers, à la page suivante.

1. Où Elisa vit-elle au début du roman?
2. D'où vient le cahier dans lequel Elisa écrit son journal intime?
3. De quels actes de résistance les membres de la Rose blanche sont-ils les auteurs?
4. Qui peut dénoncer les résistants?
5. Dans la lettre du 16 février 1943, pourquoi Sophie ne sait-elle pas où se trouve Thomas?
6. Comment Elisa et Sophie se sont-elles connues?
7. Pourquoi l'oncle Rolf a-t-il été contraint de quitter une première fois le domicile d'Elisa?
8. Après la Nuit de Cristal, quel premier acte courageux Elisa commet-elle?
9. Pourquoi Elisa ne peut-elle voir Léo, son amoureux?
10. Pourquoi Elisa et Greta se lient-elles d'amitié à la fin du roman?
11. Qu'est-ce que la « Nuit de Cristal »?
12. Que signifie « ronéotyper »?
13. Quelle est l'étymologie du prénom Sophie?
14. Quel est l'antonyme de « pleutre »?
15. Quelle forme particulière l'auteure utilise-t-elle pour composer son roman?
16. Quel est le point de vue employé dans le roman?
17. Qu'est-ce qu'une analepse?
18. Pourquoi peut-on qualifier les opposants au nazisme de « purs »?
19. Quel poète les membres de la Rose blanche ont-ils recopié dans l'un de leurs tracts?
20. Comment s'appelle la véritable amie de Sophie Scholl?

RÉPONSES

1. Elle vit à Munich.
2. C'est un cadeau de Sophie.
3. La rédaction, la reproduction puis la diffusion de tracts, ainsi que l'inscription de graffitis sur les murs.
4. La menace est partout ! Deux « camarades » de Thomas (p. 10), la logeuse d'Elisa (p. 12), le concierge de l'université (p. 13).
5. Il a été arrêté par la Gestapo, puis relâché.
6. Sophie venait prendre des cours avec l'oncle d'Elisa, Rolf, qui habitait chez Elisa (p. 24).
7. Le père d'Elisa ne supporte plus ses prises de position antinazies (p. 23).
8. Elle cache le petit Elisha (un enfant juif) dans la chambre de son oncle et lui prépare un chocolat chaud.
9. Léo est juif. Il a été contraint de fuir l'Allemagne.
10. Parce qu'elles partagent des souvenirs douloureux similaires, ainsi que les mêmes idées.
11. La Nuit de Cristal a eu lieu les 9 et 10 novembre 1938. Il s'agissait du saccage des biens juifs : vitrines de magasins, portes de maisons, etc.
12. Dupliquer des tracts à l'aide d'une machine appelée ronéo.
13. *Sophia* signifie « la sagesse » en grec ancien.
14. Courageux.
15. Elle utilise la forme d'un journal intime.
16. C'est le point de vue interne d'Elisa.
17. Un retour en arrière.
18. Parce qu'ils ne vivent que pour lutter contre la tyrannie nazie, sans tergiverser un seul instant.
19. Le poète allemand Goethe.
20. Lisa Remppis.

À nous de jouer

Trouvez le juste ton

Lire à haute voix un extrait de journal intime n'est pas une chose aisée. On est en effet plongé au cœur de la conscience d'un personnage qui couche sur le papier les événements qu'il vit et les émotions qu'il ressent.

Rappelons d'abord les principes élémentaires de la lecture orale. Vous les connaissez déjà !

Appuyez-vous sur la ponctuation. Celle-ci vous donne des indications sur la façon de poser votre voix. Quand une phrase se termine par un simple point, on baisse le ton. Quand elle se termine par un point d'interrogation, on monte le ton. Quant aux exclamations, il s'agit d'analyser le sentiment exprimé pour choisir la bonne tonalité : à l'oral, un cri de désespoir ne sonnera pas comme un hurlement de joie. Mais prenez garde : il s'agit ici de jouer les émotions sans pour autant les surjouer. Elisa écrit son journal, seule, dans sa chambre, dans un contexte pesant, la sensibilité à fleur de peau. Essayez de prendre sa place pour trouver le juste ton.

1. Entraînez-vous à lire un passage narratif : de « Je la revois encore », p. 45 à « La vraie vie commençait. », p. 46. Quels gestes peuvent accompagner votre lecture ?

2. Entraînez-vous à lire un passage introspectif : de « J'entends d'ici Sophie me gronder » à « si elle entendait mes raisonnements ! », p. 17. Observez bien la diversité de la ponctuation. Cherchez à lui donner tout son sens. Montrez, dans votre interprétation orale du texte, toutes les différences de tempérament entre Sophie et Elisa.

3. D'après vous, comment faut-il interpréter les points de suspension des phrases suivantes ?

– «Décidément, tu n'es pas très conséquente… Enfin, il faut que tu saches : je suis prudente, mais Hans et moi courons des risques et en faisons peut-être courir à ceux que nous aimons…», p. 16.

– «Ne dis pas des choses comme ça, Sophie. Je… Je ne suis pas prête à… à…», p. 21.

– «Des voix… Qui cela peut-il être, à cette heure ? Je n'ose pas écarter le rideau… Mon Dieu… J'ai peur… On sonne… On sonne… Maintenant on tambourine à la porte cochère !», p. 92.

Transposer au théâtre

● **Adapter le récit à la scène…**

Adapter un texte, c'est le réécrire pour le transposer d'un genre littéraire à un autre. Dans le cas présent, une lettre de journal intime doit pouvoir être jouée au théâtre. Réécrivez l'extrait suivant, de «Nous étions toutes les deux, chez Sophie.» (p. 5) à «Hans arrivait, avec Alex, et une bouteille de vin du Rhin qu'il a posée sur la table.» (p. 6), de façon à en faire une scène. Voici quelques indications pour réussir cet exercice :

– Combien y a-t-il de personnages ? Sont-ils tous sur scène au même moment ?

– Qui dit quoi ? Est-il nécessaire de rajouter, et donc d'imaginer, des paroles ? À quel(s) moment(s) ?

– Comment les personnages se répartissent-ils sur l'espace scénique ?

– Quels éléments de décor ou quels accessoires doivent nécessairement apparaître ?

– Ajoutez des didascalies – ces indications scéniques qui précisent les déplacements des personnages ou encore le ton sur lequel doivent être prononcées les répliques.

– Présentez correctement votre dialogue théâtral. Le nom des personnages est indiqué au début de chaque réplique, en majuscules.

• ... puis le jouer !

Il est maintenant temps de donner vie à votre texte. Désignez un metteur en scène. Celui-ci devra diriger les comédiens, leur jeu comme leurs déplacements sur scène. À chacun donc de jouer son rôle ! Les comédiens commencent à apprendre leur texte pendant que le metteur en scène réfléchit à la scénographie.

Du côté du metteur en scène : quelles questions doit-il se poser et quelles réponses apporter ?

- Comment le décor s'organise-t-il ? Il faut anticiper les déplacements des personnages et ne pas oublier que les comédiens ne doivent pas tourner le dos au public.
- Comment organiser l'entrée en scène des personnages ?
- Quel moment semble le plus fort dans cette scène ? Comment rendre son intensité ?
- Comment les comédiens doivent-ils jouer le texte ? Quels gestes paraissent importants et nécessaires ?

Du côté des comédiens : après avoir appris son texte, que faire ?

- Répétez le texte en y mettant le ton et le rythme. Inutile de parler trop vite ; pensez même à identifier des moments de pause. Tout cela doit servir le sens du texte.
- Quels gestes doivent accompagner les paroles ? À quel moment, par exemple, un personnage doit-il en toucher un autre ou saisir un objet ? Et de quelle manière ?

L'heure de la répétition a sonné : les comédiens suivent les indications du metteur en scène et peuvent également suggérer des idées. Votre mise en scène prendra forme au fur et à mesure des répétitions. N'hésitez pas à rejouer plusieurs fois le même passage jusqu'à ce que tout le monde soit d'accord sur la forme finale de la représentation.

Quand vous pensez être au point, présentez votre production à vos camarades. Bon spectacle !

Organisons le débat

Seriez-vous prêt(e) à vous engager comme Sophie Scholl ?

Sophie Scholl semble ne s'être jamais posé de questions quant à son engagement : il s'agit, pour elle, d'une évidence. Elle sait qu'elle risque sa vie en résistant contre le régime hitlérien et ne cesse pas pour autant sa lutte. Cet engagement sans compromission contraste avec celui d'Elisa, plus hésitant dans ses débuts. Et vous, dans un contexte comme celui de la Seconde Guerre mondiale, seriez-vous prêt(e) à résister comme Sophie Scholl ?

Oui, quand on s'engage, il faut le faire jusqu'au bout !	Mais l'engagement présente des risques et ce n'est pas évident de se lancer.
L'engagement nécessite un courage permanent. On ne peut jamais baisser la garde.	S'engager rend la vie quotidienne difficile. On vit dans le secret, la peur et l'angoisse en permanence.
Si on ne fait pas preuve d'une volonté et d'une détermination sans faille, il est difficile de supporter la vie de résistant.	S'engager peut aussi mettre en danger l'entourage, les proches. Il est alors difficile de les protéger.
Les idéaux que l'on défend (la liberté d'un peuple, le refus de la dictature) ne peuvent supporter aucun compromis.	L'engagement expose à des risques, et notamment à la mort.

Débattre à partir d'une citation

À plusieurs reprises dans le roman, l'auteure place dans la bouche de ses personnages des citations. En voici une de Paul Claudel, reprise par Hans : « La vie est une grande aventure vers la lumière. » Pensez-vous que cette phrase s'applique au parcours des personnages de *Mon amie, Sophie Scholl* ?

Dans *Mon amie, Sophie Scholl*, la vie paraît plutôt vouée à la mort, donc à l'obscurité.	Malgré tout, on peut dire que «[l]a vie est une grande aventure vers la lumière».
La mort de Sophie, à cause de son engagement et de sa révolte, occupe une place centrale dans le roman.	Le parcours de Sophie, même s'il se termine par la mort, est une aventure vers la lumière. Son engagement lui a permis de ne jamais renier sa foi. Elle continue de croire en Dieu et finit par le rejoindre.
Elisa vit en permanence dans l'angoisse, aussi bien pour ses proches que pour elle-même.	Elisa progresse dans le roman. Elle ne reste pas tétanisée par la lâcheté et la peur. La mort de Sophie l'encourage à s'engager à son tour.
Finalement, peu de personnages survivent dans ce roman.	L'épilogue fait renaître l'espoir : Elisa est sortie très affaiblie, mais vivante, des camps. Elle retrouve Léo et l'amour, finalement, triomphe de toutes les horreurs vécues.

Adieux aux étudiants envoyés au front de l'Est comme brancardiers, Munich, gare de Ostbahnhof, juin 1942, de gauche à droite : Hubert Furtwängler, Hans Scholl, Raimund Samüller, Sophie Scholl et Alexander Schmorell. Photo © Jürgen Wittenstein / akg-images.

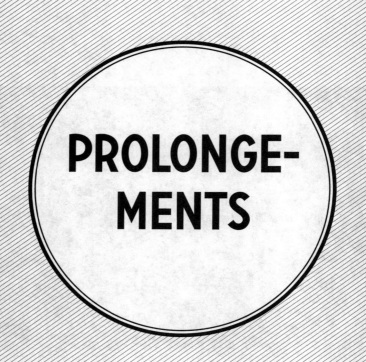

PROLONGE-
MENTS

Groupement de textes : Parole à Sophie Scholl !

*Dans **Mon amie, Sophie Scholl**, de nombreux personnages ont réellement existé. La correspondance abondante de Sophie a permis à Paule du Bouchet d'entrer dans son intimité, de saisir ses convictions, ses forces et ses faiblesses. Ce groupement de textes rassemble quelques écrits authentiques de Sophie. Il vous permettra de découvrir autrement cette jeune fille et de comprendre comment notre auteure s'en est emparée pour écrire son roman.*

*Tous les textes sont extraits de **Lettres et carnets**, Hans et Sophie Scholl, traduit par Pierre-Emmanuel Dauzat, éditions Tallandier, 2008.*

Questions

Lisez l'ensemble des textes du groupement.
1. *Tous ces textes ont été écrits par Sophie Scholl. Classez-les dans un tableau de trois colonnes : correspondance – journal intime – discours argumentatif.*
2. *Quel est le destinataire de chaque texte ?*
3. *Quels sont les objectifs de Sophie lorsqu'elle écrit ces textes ?*

«Je compte me détendre ici une dizaine de jours...»
Lettre de Sophie Scholl à Fritz Hartnagel (1er août 1940)

En juillet et août 1940, Sophie passe des vacances à la montagne, dans la région du Tyrol. Elle les raconte ici à Fritz Hartnagel (1917-2001), son amoureux. Ce dernier est lieutenant dans l'armée allemande. Sophie et Hans échangent une abondante correspondance pendant la guerre.

À Fritz Hartnagel

Warth, 1er août 1940

Mon bon Fritz,

Aujourd'hui, dans l'éclat de l'été, j'ai vu les sentiers de ski que nous avons faits ensemble en février-mars. J'en ai été agréablement surprise, parce que les montagnes sont très belles en été, quoique de tout autre manière. Il faut avoir de bons yeux pour tout repérer jusqu'au moindre détail. Ça faisait longtemps que les fleurs ne m'avaient pas donné autant de plaisir qu'aujourd'hui. En fait, ça faisait longtemps que je ne m'étais pas sentie aussi heureuse que ce matin, quand Lisa et moi étions installées sur une petite colline du col de Gamstal, peut-être celle où j'avais pris froid si subitement. C'est surtout la colline elle-même qui m'a enchantée. Elle était couverte de roses des pierres et de campanules, dont une touffe, coincée entre des pierres, devait bien compter une centaine de clochettes. Il y avait aussi toutes sortes d'autres herbes, des herbes d'amour[1], de l'arnica, et des centaines d'autres fleurs dont je ne sais pas les noms, et chacune était une merveille, d'une délicatesse de couleur et de forme exceptionnelle… Nous avons maintenant atterri dans un presbytère catholique et nous en sommes ravies. – Nous nous nourrissons de pain noir, de beurre et de fromage, parce que cette fois nous n'avons pas un Fritz pour nous commander des repas royaux. Mais c'est accessoire. Au moins avons-nous pu avoir du lait entier. Je compte me détendre ici une dizaine de jours avant de rejoindre un sanatorium pour enfants à Bad Dürrheim[2] […].

Questions

Lisez cette première lettre.
1. *Quels éléments retrouve-t-on dans notre roman ?*
2. *Relevez le champ lexical du bien-être.*
3. *Celui-ci s'exprime également par des figures de style. Relevez une anaphore et une énumération.*

1. Des myosotis.
2. D'août à septembre 1940, Sophie travaille comme stagiaire au jardin d'enfants de Bad Dürrheim (aujourd'hui Bade-Wurtemberg), en Allemagne.

«*Son métier, c'est d'obéir.*»
Lettre de Sophie Scholl à Fritz Hartnagel (19 août 1940)

L'engagement de Fritz dans l'armée allemande inquiète et questionne beaucoup Sophie. Dans la lettre qui suit, elle remet en question l'engagement. Jusqu'à quel point un soldat doit-il suivre les ordres qu'on lui donne ? N'est-ce pas là compromettre son âme ? Nous entendons ici tout l'engagement de Sophie contre un régime qu'elle juge criminel.

À Fritz Hartnagel
Bad Dürrheim, 19 août 1940

J'ai reçu ce matin une lettre de toi. Maintenant j'attends toujours tes lettres impatiemment. Merci du fond du cœur. – Ça tombe à pic : je suis chargée du repos de l'après-midi (je dois veiller qu'aucun des vingt enfants qui ont dormi deux heures sur la terrasse ne dise ni ne fasse rien) et je peux donc répondre tout de suite.

Moi aussi je pense parfois à l'été dernier, mais je ne rumine pas. Je n'en ai pas le temps.

Je crois que tu ne saisis pas ma vision de ton métier. Ou plutôt, je crois que le métier de soldat ne correspond plus aujourd'hui à la description que tu en fais. Un soldat doit prêter serment, après tout, si bien que sa tâche est d'exécuter les ordres de son gouvernement. Il peut avoir à se plier demain à une vision diamétralement opposée à celle d'aujourd'hui. Son métier, c'est d'obéir. L'attitude du soldat n'est donc pas vraiment un métier. Dans la conception idéale que tu en as, elle s'accorde réellement avec les exigences morales adressées à chacun. Je peux parfaitement comprendre que tu envisages ton métier comme un métier d'éducateur, mais je pense que ce n'en est qu'un aspect. Comment un soldat peut-il avoir une attitude honnête, comme tu dis, quand il est forcé de mentir ? N'est-ce pas mentir que de devoir prêter serment à un gouvernement un jour, et le suivant à un autre ? C'est une situation dont tu dois tenir compte, elle s'est déjà présentée à toi. Tu n'étais pas très partisan de la guerre, pour autant que je sache ; or, tu passes tout ton temps à former des hommes à la guerre.

Tu ne crois quand même pas que la tâche de la Wehrmacht[1] est d'inculquer aux hommes une attitude franche, modeste et sincère. Et quant à ta comparaison avec le christianisme : je crois qu'on peut être chrétien sans faire partie d'une Église. De plus, un chrétien n'est pas tenu d'être autre chose que ce qu'exigent de lui ses principaux commandements. Si le commandement du soldat est d'être loyal, sincère, modeste et honnête, il ne peut certainement pas y obéir, parce que s'il reçoit un ordre, il doit l'exécuter, qu'il le juge bon ou mauvais. S'il ne l'exécute pas, il est exclu, non ?

Pardonne-moi, si ce que j'écris reste vague ou embrouillé. Les garnements sont épuisants. Il faut perpétuellement les gronder. Mais la plupart des plaisanteries qu'ils font pour se donner de l'importance sont si bêtes et puériles, que je suis tentée d'en rire sous cape.

Je t'écris sûrement très vite. Tu es inondé de lettres de moi à présent. Le repos de l'après-midi est terminé. Je dois conclure.

De tout cœur,

Sofie

Questions

1. Quel est l'objectif de Sophie à travers cette lettre ?
2. Cette lettre est une réponse à une lettre de Fritz. Quelle image Fritz se fait-il de son métier de soldat ?
3. D'après Sophie, quelles sont les qualités qu'on attend d'un soldat ? Par quelle figure de style les exprime-t-elle ?
4. Par quels arguments Sophie remet-elle en cause cette image ? Vous citerez au moins deux phrases de sa lettre.
5. Montrez que Sophie met toute son énergie à convaincre Fritz. Quels procédés d'écriture utilise-t-elle pour le faire changer d'avis ?

Des années plus tard, Fritz Hartnagel reconnaîtra que les réflexions de Sophie Scholl l'avaient beaucoup aidé à comprendre que « le régime qu'il servait comme soldat était criminel ».

---

1. Nom donné à l'armée du IIIe Reich, de 1935 à 1946, voir « Les mots ont une histoire », p. 111.

«Un rêve étrange que j'ai fait»
Journal de Sophie Scholl (9 août 1942)

Voici un extrait du journal intime de Sophie. La tonalité change et Sophie se laisse aller à des réflexions plus personnelles. Elle y questionne sa foi et couche sur le papier les rêves étranges qu'elle fait parfois.

9 août 1942

Je viens d'arracher une page du cahier parce qu'elle concernait Schurik[1], mais pourquoi devrais-je l'arracher à mon cœur? Je vais prier Dieu qu'il lui trouve la bonne place. Il reviendra dans le cahier, et chaque soir je l'inclurai dans mes prières comme Fritz et tous les autres.

Beaucoup de gens croient que nous touchons à la fin des temps. Tous les signes terribles peuvent le faire croire. Mais cette croyance n'est-elle pas d'une importance secondaire? Chaque homme, quelle que soit l'époque à laquelle il vit, ne doit-il pas se tenir toujours prêt à ce que Dieu l'appelle à rendre des comptes d'un moment à l'autre? Comment savoir si je serai encore en vie demain? Une bombe peut tous nous anéantir dans la nuit. Et ma faute ne serait pas moins grande si je disparaissais avec la Terre et les étoiles. – Je sais tout ça. Mais cela m'empêche-t-il de continuer de vivre à la légère? Ô mon Dieu, je t'en implore, débarrasse-moi de ma frivolité et de ma volonté égoïste qui s'accroche aux choses douces et éphémères. Je n'en suis pas capable par moi-même, je suis tellement faible.

[...]

Je dois coucher par écrit un rêve étrange que j'ai fait, un des rares qui n'aient pas été dominés par une sensation particulièrement oppressive[2]. Je me promenais avec Hans et Schurik, j'étais au milieu d'eux, bras dessus, bras dessous. Tantôt marchant, tantôt sautillant, je me laissais soulever par mes acolytes[3] et faisais un petit bout de chemin en l'air. Et Hans commença: «Je connais une

---

1. Surnom donné à Alexander Schmorell, voir «Les noms propres sont porteurs de sens», p. 116.
2. Dans ses écrits, Sophie raconte souvent ses rêves. Elle est très sensible à leur esthétique et à leurs possibles interprétations.
3. Compagnons, camarades.

preuve toute simple de l'existence et de l'action de Dieu dans le monde actuel. Les hommes ont besoin d'air pour respirer, et avec le temps le ciel entier serait souillé par leur haleine fétide. Mais, pour éviter que les hommes ne soient à court de cet aliment du sang, Dieu injecte régulièrement dans notre monde une bouchée de son souffle qui triomphe de l'air pollué et le renouvelle. Voilà comment il fait. » Sur ce, Hans leva son visage en direction du ciel très, très sombre. Il respira profondément avant de rejeter tout l'air par la bouche. Son souffle jaillit sous la forme d'un jet bleu vif, qui devint de plus en plus gros et s'éleva dans le ciel, chassant les immondes nuages jusqu'à ce que le ciel, devant nous et au-dessus, fût du bleu le plus pur. C'était beau.

Questions

1. *Donnez un titre aux trois paragraphes de cette lettre.*
2. *Quel rapport Sophie Scholl entretient-elle avec Dieu ?*
3. *Quel rôle Hans joue-t-il dans le rêve de Sophie ? Pourquoi peut-on dire que ce rêve est symbolique ?*
4. *Dans notre roman, Sophie raconte deux rêves. Retrouvez-les et dites en quoi ils consistent. Qu'apportent-ils au roman ?*

«Notre peuple continue de dormir, d'un sommeil épais...»
Deuxième tract de la Rose blanche (été 1942)
Groupe de la Rose blanche

Six tracts ont été rédigés et diffusés par le groupe résistant de la Rose blanche. Voici un extrait du deuxième tract, distribué pendant l'été 1942. Sophie a participé à sa rédaction.

Et maintenant, la fin est proche. Il s'agit de se reconnaître les uns les autres, de s'expliquer clairement d'hommes à hommes ; d'avoir ce seul impératif sans cesse présent à l'esprit ; de ne s'accorder aucun repos avant que tout Allemand ne soit persuadé de l'absolue nécessité de la lutte contre ce régime. Si une telle vague de soulèvement traverse le pays, si quelque chose est enfin « dans l'air », alors et alors seulement, ce système peut s'écrouler. Le dernier sursaut exigera toutes nos forces. La fin sera atroce, mais si terrible qu'elle doive être, elle est moins redoutable qu'une atrocité sans fin.

Il ne nous est pas donné de porter un jugement définitif sur le sens de notre histoire. Si nous sommes capables de nous purifier par la souffrance, de redécouvrir la lumière après une nuit insondable, de rassembler nos énergies pour coopérer enfin à l'œuvre de tous, de rejeter le joug[1] qui oppresse le monde, cette catastrophe nous aidera à trouver notre salut.

Notre dessein[2] n'est pas d'étudier ici la question juive. Nous ne voulons présenter aucun plaidoyer. Qu'on nous permette seulement de rapporter un fait : depuis la mainmise sur la Pologne, 300 000 Juifs de ce pays ont été abattus comme des bêtes. C'est là le crime le plus abominable perpétré contre la dignité humaine, et aucun autre dans l'histoire ne saurait lui être comparé. Qu'on ait sur la question juive l'opinion que l'on veut : les Juifs sont des hommes et ce crime fut commis contre les hommes. Quelque imbécile oserait-il dire qu'ils ont mérité leur sort ? Ce serait une idée abominable ; mais cet imbécile, que pense-t-il du fait que toute la jeunesse polonaise ait été anéantie ? De quelle façon cela s'est-il passé ? Tous les fils de famille entre 15 et 20 ans furent envoyés au travail obligatoire et dans les camps de concentration en Allemagne, toutes les filles du même âge furent expédiées dans les bordels des SS. Nous vous racontons cette suite de crimes parce que cela touche à une question qui nous concerne tous, et qui *doit* tous nous faire réfléchir. Pourquoi tant de citoyens, en face de ces crimes abominables, restent-ils indifférents ? On préfère ne pas y penser. Le fait est accepté comme tel, et classé. Notre peuple continue de dormir, d'un sommeil épais, et il laisse à ces fascistes criminels l'occasion de sévir.

Faut-il en conclure que les Allemands sont abrutis, qu'ils ont perdu les sentiments humains élémentaires, que rien en eux ne s'insurge à l'énoncé de tels

---

1. La servitude, la domination.
2. Notre but, notre objectif.

méfaits, qu'ils sont enfoncés dans un sommeil mortel, sans réveil ? C'est bien ce qu'il semble et même si le peuple allemand ne se dégage pas enfin de cette torpeur, s'il ne proteste pas partout où cela lui est possible, s'il ne se range pas du côté des victimes, il en sera ainsi éternellement. Qu'il ne se contente pas d'une vague pitié. Il doit avoir le sentiment d'une faute commune, d'une *complicité*, ce qui est infiniment plus grave. Car, par son immobilisme, notre peuple donne à ces odieux personnages l'occasion d'agir comme ils le font. Il supporte ce prétendu gouvernement qui se charge d'une faute immense : il est lui-même coupable de l'existence de ce gouvernement. Chacun rejette sur les autres cette faute commune, chacun s'en affranchit et continue à dormir, la conscience calme. Mais il ne faut pas se désolidariser des autres, chacun est *coupable, coupable, coupable*!

Cependant, il n'est pas trop tard pour faire disparaître de la surface du globe ce prétendu gouvernement ; nous pouvons encore nous délivrer de ce monstre que nous avons nous-mêmes créé. Nos yeux ont été ouverts par les horreurs des dernières années, il est grand temps d'en finir avec cette équipe de fantoches. Jusqu'à la déclaration de guerre, beaucoup d'entre nous étaient encore abusés : les nazis cachaient leur vrai visage. Maintenant ils se sont démasqués, et le seul, le plus haut, le plus saint devoir de chaque Allemand doit être l'extermination de ces brutes.

Questions

1. D'après les rédacteurs du tract, quel est l'unique impératif auquel doit obéir le peuple allemand ?

2. Expliquez le chiasme : « La fin sera atroce, mais si terrible qu'elle doive être, elle est moins redoutable qu'une atrocité sans fin. »

3. Comment le troisième paragraphe dénonce-t-il les atrocités commises à l'encontre des Juifs ?

4. Dans les troisième et quatrième paragraphes :
   a) Relevez le champ lexical de la léthargie. Si nécessaire, cherchez ce terme dans le dictionnaire.

b) Pourquoi le peuple allemand doit-il sortir de sa léthargie ?
c) Quel procédé stylistique les rédacteurs de ce tract utilisent-ils pour réveiller le lecteur ? Citez-en un exemple.
5. D'après ce tract, de quoi le peuple allemand est-il coupable ?
6. Relevez les expressions qui qualifient les nazis. Comment le discours procède-t-il pour les dévaloriser ?
7. Que pensez-vous de la dernière phrase du texte : « le plus saint devoir de chaque Allemand doit être l'extermination de ces brutes » ?

«Chère Lisa !»

Lettre de Sophie Scholl à Lisa Remppis (2 février 1943)

Lisa Remppis (1923-1971), amie proche des enfants Scholl, est une destinataire privilégiée des lettres de Sophie. Les jeunes filles se fréquentent régulièrement et partagent leur quotidien et leurs émotions dans une abondante correspondance.

À Lisa Remppis

Munich, 2 février 1943

Chère Lisa !

Dehors, il goutte sur le rebord de la fenêtre, dans le mur bat une horloge invisible, une horloge fantôme, pour ainsi dire. Parce que c'est très rare qu'on puisse l'entendre battre, surtout autour de minuit, tantôt lentement, tantôt de plus en plus vite ; parfois on dirait qu'elle est sur le point de s'arrêter, et parfois que quantité d'horloges battent toutes à la fois. D'autres fois, le tic-tac est beau et régulier des heures durant, comme il sied à une brave horloge bourgeoise. En fait, je soupçonne que ce n'est pas du tout une horloge, si plaisante qu'en soit l'idée, mais le chauffage central à la vapeur. Le lampadaire dessine un petit cercle qui ne renferme même pas la totalité de cette feuille de papier. C'étaient d'excellentes conditions pour écrire, mais juste de l'extérieur. À d'autres points de vue, je suis mal. J'ai de la peine à me souvenir d'une période de semblable distraction (sauf une fois, quand j'étais amoureuse, et ce n'est pas le cas aujourd'hui), et je suis souvent encline à l'imputer à des migraines, ce qui naturellement n'en est jamais la raison. Mais j'ai appris à être patiente avec moi-même.

Autrefois – c'est ce que tu as dit de la souffrance innocente des arbres qui m'y fait penser –, il m'arrivait de désirer n'être qu'un arbre, ou mieux encore un fragment d'écorce. Ces désirs m'ont habitée de bonne heure, mais aujourd'hui je veille à ne pas les laisser monter en moi, à ne pas céder à ce sentiment de fatigue qui cherche son accomplissement dans le néant. Non que j'aie triomphé de ce sentiment : au contraire, je suis souvent, presque continuellement, en proie à une mélancolie dont je deviens très friande. Tu connais ça ? C'est une attitude très dangereuse, et même un péché que de cultiver sa propre douleur. Tu connais ce mot d'une mystique, je crois : quand je loue Dieu, je n'y trouve aucune joie. Je le loue parce que je *veux* le louer. Je comprends très bien cette phrase.

Je devrais presque avoir honte de cette lettre, mais pourquoi ne pas te faire savoir ce qu'il y a en moi et dans mon état de dissipation je n'arrive guère à écrire sur d'autres choses. De plus, je n'écris cela qu'à *toi*, et je préférerais que tu ne gardes pas cette lettre.

J'ai reçu une lettre de Fritz du 17 janvier. Son bataillon aussi a été anéanti, et il ne s'attend plus maintenant qu'à être fait prisonnier ou à la mort. Il a les deux mains gelées pour avoir passé des semaines entières, jour et nuit, en plein air par moins 30 degrés. Peut-être est-ce la dernière lettre (il le croit) que je recevrai de lui dans la guerre ; la fin de la guerre se rapproche sensiblement.

Très affectueuses pensées à partager avec Gust de ta Sophie.

J'avais déjà glissé cette lettre dans son enveloppe quand j'ai reçu un appel de la maison. Fritz est hospitalisé à Stalino[1]. Il a perdu quelques doigts, et risque de perdre peut-être aussi les talons, mais il est sain et sauf. Dieu merci !

Questions

1. En quoi cette lettre diffère-t-elle des lettres destinées à Fritz présentes dans ce corpus ?
2. Quelle relation Sophie Scholl entretient-elle avec Lisa Remppis ? Appuyez-vous sur le texte pour le montrer.
3. Relevez le champ lexical de la mélancolie.

---

1. C'est aujourd'hui la ville de Donetsk, en Ukraine.

Histoire des arts

Recette de cuisine du dimanche, 1945

JEANNETTE L'HERMINIER

BESANÇON, MUSÉE DE LA RÉSISTANCE ET DE LA DÉPORTATION

À son arrivée au camp de Ravensbrück, en février 1944, Jeannette L'Herminier découvre par terre un crayon à papier. Elle s'empresse de le dissimuler. Commence alors une longue série de croquis reflétant la vie de ses camarades ; série qui ne prendra fin qu'à la Libération.

Le dimanche, les déportées se prêtent à une activité très répandue dans les camps : elles inscrivent fébrilement des recettes de cuisine recueillies pendant la semaine. Trop peu nourries ce jour-là, et de fade rutabaga, cela leur réchauffe le cœur. Réciter les ingrédients de son plat préféré, c'est presque le faire goûter aux autres…

Les trois complices, 1945

JEANNETTE L'HERMINIER

BESANÇON, MUSÉE DE LA RÉSISTANCE ET DE LA DÉPORTATION

Jeannette L'Herminier saisit sur le vif le « festin » préparé par trois déportées, qui font cuire dans la salle d'eau, sur une corbeille à papier, quelques pommes de terre dérobées aux S.S. Affamées, rêvant de banquets gargantuesques, les maigres aliments qu'elles pouvaient cuisiner étaient rares et très précieux.

1. Observez les personnages sur ces deux dessins. Qu'ont-ils en commun ?
2. Ces dessins ont été réalisés par Jeannette L'Herminier, quand elle était déportée au camp de Ravensbrück. Faites quelques recherches : qui était-elle ? Cherchez également des informations sur Ravensbrück : la situation géographique de ce camp, les prisonniers qui y étaient envoyés, leurs conditions de vie…
3. Pourquoi, en dessinant ainsi les prisonnières, Jeannette L'Herminier fait-elle acte de résistance ? Dans quel but a-t-elle réalisé ces croquis ?
4. D'après vous, pourquoi ne voit-on pas le visage des déportées ?
5. Observez la position des corps. Que traduit-elle ?
6. Lisez attentivement les légendes correspondant aux dessins.
   a) Comment ces femmes résistent-elles à la dureté des camps ?
   b) Quel est le thème commun à ces deux dessins ?

La jeunesse au service du Führer, que tous les enfants de 10 ans rejoignent la Jeunesse hitlérienne ! Affiche de propagande hitlérienne
HEIN NEUNER (1910-1984), ALLEMAGNE, 1935.

Photo © akg-images.

Les affiches de propagande sont des œuvres de commande. Le gouvernement allemand demande à Hein Neuner de réaliser celle-ci en 1935, afin de convaincre les jeunes Allemands de rejoindre les Jeunesses hitlériennes. Le contrôle des consciences commence très tôt : l'enfance doit être encadrée, guidée, éduquée dans la direction imposée par le parti nazi. Cela participe de la mise en place d'un système éducatif relayant le culte de la personnalité du Führer, la haine des Juifs, l'aspiration à refaire de l'Allemagne une grande puissance.

1. Cette affiche est une affiche de propagande.
   a) Cherchez la définition de « propagande ».
   b) Qui est l'émetteur de cette affiche ? Qui en est le destinataire ?

2. Décrivez cette affiche et les différents éléments qui la composent.

3. La phrase en allemand en haut de l'affiche signifie : « La jeunesse sert le Führer », et celle du bas : « Tous les garçons de dix ans dans les Jeunesses hitlériennes. »

   a) Pourquoi ces deux phrases sont-elles complémentaires ?

   b) Comment les deux visages illustrent-ils ce double message ?

4. Montrez que cette affiche reflète la propagande d'un État totalitaire.

Hourra, il n'y a plus de beurre !
Parodie d'une phrase de Goering : « Le métal est la richesse d'un empire : le beurre et la graisse font grossir le peuple. »
JOHN HEARTFIELD (1891-1968), PHOTOMONTAGE, 1935.

John Heartfield, de son vrai nom Helmut Herzfeld, a dénoncé, tout au long de la montée du nazisme, les atteintes faites aux libertés des individus, notamment à la liberté d'expression. Pour cela, il reprenait en les détournant les codes des œuvres propagandistes.

1. Qui est Helmut Herzfeld ? Faites quelques recherches à son sujet (renseignez ses dates de vie et de mort, sa nationalité, les faits importants de sa vie, son engagement politique).
2. L'affiche d'Helmut Herzfeld est un photomontage. En quoi consiste cette technique ?
3. Décrivez l'image : les différents membres de la famille ainsi que le décor.
4. Que font les personnages ?
5. En bas de l'affiche est reproduite une citation d'Hermann Göring justifiant les restrictions alimentaires : « Le fer a toujours produit une Nation forte, le beurre et la viande ne font qu'engraisser le peuple. » D'après vous, pourquoi peut-on dire que l'artiste parodie l'esthétique propagandiste ?

Sans titre, 1993
CEIJA STOJKA (1933-2013)
ACRYLIQUE SUR CARTON, COLLECTION PARTICULIÈRE.
© Adagp, Paris, 2019.

Ceija Stojka, issue d'une famille tsigane de marchands de chevaux vivant en Autriche, est déportée alors qu'elle est encore enfant. Ce n'est que quarante ans plus tard, en 1988, qu'elle brise le silence et commence à écrire et à peindre sur les souffrances endurées, devenant ainsi la première femme rom rescapée du génocide à témoigner de son expérience concentrationnaire.

1. Décrivez la scène, en détaillant notamment l'attitude et les vêtements des différents personnages. À quels moments de *Mon amie, Sophie Scholl* semble-t-elle faire écho ?

2. Prêtez attention aux dimensions des divers éléments qui composent l'œuvre, en particulier les personnages et la nature. Qu'est-ce qui occupe la plus grande partie du tableau ? Que pouvez-vous en conclure ?

3. Ressentez-vous de la joie ou de la tristesse en regardant ce tableau ? Quelle saison Ceija Stojka a-t-elle pris pour cadre ? Que pensez-vous de ce choix ?

4. Partez à la découverte des peintures de Ceija Stojka sur Internet. Comparez ses œuvres dites «claires» (*helle Bilder*) et celles dites « sombres » (*dunkle Bilder*) : à quels moments de sa vie correspondent-elles ?

Dans la même collection

Mise en pages : Dominique Guillaumin
Impression Novoprint,
à Barcelone le 20 août 2019.
Dépôt légal : août 2019
ISBN 978-2-07-283521-6 /. Imprimé en Espagne.

345582